—————— 阅读之前 没有真相

午 夜 文 库

阿缪莱特酒店

[日] 方丈贵惠 著
吕灵芝 译

目录

1	Episode 1 阿缪莱特酒店
55	Episode 0 年度犯罪者颁奖典礼上的谋杀
107	Episode 2 谢绝生客
165	Episode 3 泰坦的谋杀

Episode 1 阿缪莱特酒店

"这简直是狡辩，胡说八道！"

男人恶狠狠地说完，转头看向窗外。只不过，他的声音和背影，都完全掩饰不了内心剧烈的动摇。

窗外那片广阔的世界正在下雨。透过白色纱帘，能模糊地看到汽车和卡车的头灯射出的光。

不一会儿，她眯起了眼睛。

"这就是你的回答？"

"没错。下次在酒店外面遇到我，你就做好心理准备吧。"

她听着这凌厉的威胁，嘴角勾起微笑，眸子里浮现出轻蔑的神色。这男人既不敢承认自己做过的事情，也没有为此负责的胆量。

她拿出随身携带的细绳，将其中一端在左手上绕了几圈。因为戴着手套，即使缠得很紧也感觉不到痛。然后，她留出八十厘米的长度，将另一端缠在了右手上。

最后她用力扯了扯绳子，确定能够受力后，压低声音说道："那么，这就是永别了？"

嘴里正咒骂着的男人猛地停下。他似乎从女人的语气中察觉到了什么，试图转过身去。

"你什么意——"

他的声音在颤抖。未等他说完，女人就飞快地用绳子勒住了男人的脖颈。男人瞪大眼睛，后知后觉地抬手想要护住脖颈，却只是徒劳地撩动了蕾丝窗帘。

"你应该知道是什么意思。"

女人喃喃着,手上的力道骤然加重。

*

下了夜班,我正在喂金鱼时,内线电话响了。

为了接下来的连班,我本来准备小睡一会儿,听见铃响顿时不耐烦地哼了一声,然后擦掉粘在手上的鱼食。我看着草金鱼在水箱里争先恐后地抢食,拿起了听筒。

"你好,我是桐生。"

"出事了,你立刻到分馆1101号房这边来。"

我还以为是前台的电话,闻言不由得绷直了身子。这个声音是阿缪莱特酒店的老板……也就是我的雇主。

"知道了。事情有多严重呢?"

"只能说,糟糕透顶。"

老板诸冈向来温和的声音此刻竟透着沉重的疲惫。我忍不住皱起了眉。

"今年事情真多啊,这都已经是第三次了。"

"看来最近的客人素质都不怎么样。真是太遗憾了。"

昨天傍晚下起来的雨到现在都没停,雨滴激烈地拍打着窗玻璃,听着很是吵闹。天气预报说今天还要下一整天的大雨。

"我马上过去。"

放下听筒,我从椅子上拿起刚解开的藏蓝色领带,喝到一半的单一麦芽威士忌也要暂时放下了。

今天恐怕会非常漫长。

阿缪莱特酒店分馆的客房全是套房,屋内除了卧室,还附带客厅和浴室。

出事的客房在十一楼,属于档次较高的"高层套房"。顺带一提,分馆的九层及以下是低层套房,十层以上是高层套房,界限分明。

昨天熬了一个通宵的我疲惫地走过长毛地毯,前面就是1101号房。房门像是被强行踹开的,门把手下面还留有一点鞋印。

诸冈站在门边等着我。

他身上的西装比昨晚邋遢了许多,有点像肯德基爷爷的脸上带着明显的疲惫。虽然没照镜子,但我的脸应该也差不多。

"情况非常棘手。总之,你先进屋看看吧。"

诸冈领着我走进套房客厅,那一刻,我皱起了眉。

"死者是一个人吗?"

"这次是的。"

尸体躺在皮沙发上。死者个子很高,穿黑色西装,脖子上有清晰的勒痕,像绳索状物体所致。

我抬起头,抚摸着因为缺乏睡眠而僵硬的脖子,说道:"这张脸有点眼熟啊。名字叫佐佐木,自称消息贩子,实际上是个敲诈犯。昨天傍晚我好像看见这人入住了,但肯定不是能用上高层套房的大人物。"

诸冈闻言,点了点头。

"嗯。佐佐木住的是0906号房,也就是九楼的客房。真正住在这间套房的另有其人。"

"是谁?"

"信浓先生。桐生应该很熟悉他吧。"

"诈骗团伙'爱丽丝'的老大?"

"没错没错,他还是经常光顾我们酒店的贵客。"

"昨天我在酒吧看见他了,没想到这里竟是他的客房。"

我摇摇头,暗道事情可能要变麻烦了。然后我戴上白手套,跪在遗体旁边。

"从勒沟判断,死者并非自杀,而是被勒死的。凶器想必就是掉在这里的绳子了,它跟死者颈部的痕迹完全吻合。"

说话间,我拾起脚边的绳子,凑近尸体的颈部进行比对。绳子很细且有韧性,可以肯定不是酒店的物品,推测是凶手带进来的东西。

靠近客房入口的墙边摆着一台空的服务车。

酒店服务员使用服务车时,一般会在上面铺一块白色大桌布,但是这台服务车上什么都没有,裸露着金属车身。

我扫了一眼客厅,并没有看见类似桌布的东西。此外,客房的餐桌上并没有摆放食物和饮料。这有点奇怪。

我把视线转向诸冈,开口问道:"现在知道出了事的人都有谁?"

"除去你我,就只有信浓先生和两名酒店服务员……啊,我还通知了多克,想请他算出死亡时间。"

被诸冈称为多克的人,是阿缪莱特酒店的专属医生。所有人都管那个有一头蓬松金发的医生叫多克,我也不知道他的真名是什么。他的专业是整形外科,但是全能得让人害怕,在法医学方面也有很深的造诣。

"原来如此,只有'内部'人员才知道这件事……刚才老板你说'情况非常棘手',但是看眼下的情况,这不是跟我们常见的麻烦差不多吗?又没有人报警,要隐瞒过去很简单。"

听了我的话,诸冈依旧满面愁容,不停地摸着他那标志性的灰白胡须。

"嗯,怎么说呢……这次的情况有点特殊。首先,这间客房从某种意义上说,算是密室。"

密室?真是好久没碰到了。如何说来,情况确实很棘手。

我决定先收集证据,于是掏出胸前口袋里的塑料袋,把疑似凶器的绳子装了进去。其间,诸冈还在介绍案情。

"今天早上五点五分左右,我接到了信浓先生打来的电话。他向我投诉1101房间的门锁坏了,打不开。"

我听说老板与信浓有多年的交情,所以信浓才可以直接联系到他这个酒店所有者。

接着,我看向通往走廊的客房大门。

阿缪莱特酒店虽然标榜自己是高级酒店,客房大门上却没有安装刷卡锁。

要是用刷卡锁的话,使用时会在门卡本体和读卡器上留下使用记录,而很多房客不愿意留下这样的记录。在他们的强烈要求下,酒店直到现在都还在用传统门锁和钥匙。

除此之外,这家酒店跟普通酒店也没什么区别。房门是向内开的,内侧装有防盗扣——也就是一套棒状五金器具,可挂在门上防止外人硬闯。当然,门锁也有自动上锁的功能。

因此,客房上了锁并不是什么奇怪的事情。因为只要从外面关上房门,它就会自动上锁。

然而,用钥匙无法打开房门这一点,很让人费解。

我检查了防盗扣,确认没有损坏,于是开口道:"奇怪了,好像也不是因为挂了防盗扣才变成密室的。"

诸冈煞有介事地点点头。

"没错。开不了门另有原因。"

"那就是说，可能有人从房间内部转动了反锁钮，使房门变成了'双重锁'的状态？在这家酒店，普通员工持有的万能钥匙无法打开被内部反锁的门。"

阿缪莱特酒店的口号是"守护房客的隐私与安全"。为了防止有人潜入客房伤害睡梦中的客人，酒店的万能钥匙都是特别定制的，限制了一部分功能。

顺带一提，我听说安装了刷卡锁的其他酒店也有同样的隐私保护措施，不同种类的门卡能打开的房间和门锁的种类都不一样。带着这个想法，我继续说道："但是，也有钥匙能够解除'双重锁'的状态，那就是紧急备用钥匙。我记得经理、副经理和老板各有一把。"

"对，我现在就带着。"

诸冈掏出一把银色亚光的钥匙给我看。

紧急备用钥匙正如其名，是在遭遇灾害或紧急时刻才会使用的钥匙，它可以打开酒店内所有客房的门锁。

"但你用那把钥匙也打不开房门吗？"

我话音刚落，诸冈就撇了撇嘴。

"如果不是打不开，我怎么会叫人破坏房门呢。我最讨厌糟蹋东西了。"

我十分了解老板的性格。诸冈抱怨完，立刻恢复严肃的表情继续道："而且这扇门并不是'双重锁'的状态。我用钥匙开门时根本没有门锁打开的手感，房门就是一动不动。"

直到这时，我才发现房门内侧的门把手被刮花了。刮花的位置在把手下方，掉了一点漆。

视线继续向下，我看见了门边地毯上的凹痕。凹痕共有四处，像是最近摆放过有一定重量的东西。

"嗯，原来如此。顶住房间门的应该是这东西吧。"

说着，我走向放在墙边的服务车，抬起戴着手套的手，放在金属顶板上。

"这块板上也有被压凹的痕迹，应该是死死顶住门把手时留下的。凶手将这台服务车推到门把手下方，制作了一个简易版的门挡。"

诸冈点燃万宝路香烟，点了点头。

"嗯，因为有那台服务车堵着，门把手几乎转不动。不仅如此，我们进入1101后，立即查看整个客房，发现室内的窗户全都上了锁。"

诸冈介绍时，我一直在尝试移动那台服务车，可是无论怎么推，它都一动不动。

我觉得奇怪，便低头去看服务车底部。

四个车轮上都装有锁片，此刻全部处在锁定状态。可是，就算全部锁定了，一台小小的推车，也不至于怎么推都纹丝不动吧……也许是因为服务车本身有一定重量，再加上房间里铺着长毛地毯，摩擦力大于一般地面，所以才推不动。

"没有人碰过服务车轮子上的锁片吧？"

"我查看的时候，锁片都是锁定的。不过这车子放在原地实在不方便进屋，我就跟水田一块儿把它抬到了现在这个位置。"

水田是阿缪莱特酒店的一名服务员。他经常在前台上班，似乎也是这桩案子的第一发现人。

我解开车轮锁，把服务车推到门边，就见推车的顶板刚好能擦着门把手下方卡进去。

"很显然，门把手的高度与服务车顶板的高度是一致的。把服务车放在房门前，确实能让门把手无法转动。"

顶板上的凹陷处正好对上了门把手的位置，地毯的凹陷也对上了车轮的位置。

我试着锁定车轮，服务车果然停在房门前很难挪动。如此一来，除了破门而入，恐怕没别的办法打开房门了。

将服务车又推回墙边后，我再次开口："这间客房被人从内侧用服务车封住了，窗户也都上了锁，确实算是难解的密室啊。"

诸冈露出欲言又止的表情，摇了摇头。

"光是密室杀人就很棘手了，但还有个更关键的问题，就是除了死者，房间里还发现了一个活着的人。"

老板的目光不知何时已经转向了套房里的卧室。

因为关着门，从这里看不见里面的情况。不过我有所猜测，不由得长叹一声。

"既然这个房间是密室，那只能认为里面的人是凶手了。莫非，那个人是咱们酒店的工作人员？"

"没错，是远谷。"

远谷这个人最常做的工作就是打扫房间。

"那可就麻烦了，这还是头一回发生服务员伤害房客的。不过，他的工作时间还不到一年，应该不会被分配到高层套房打扫吧。"

"那什么，我上周就让他负责高层套房的清扫和床铺整理了。因为我看他最近工作都很认真……不管怎么说，详细情况只能问他本人了。"

"不是我干的，肯定是有人陷害我。"

远谷坐在床上，一只手拿着冰袋，浑身都在颤抖。

这名嫌疑人年龄在三十岁左右,个头不高,五官端正。可能因为此刻他的头发异常凌乱,看起来比平时多了几分稚气。

远谷哭丧着脸大声申冤。

"请相信我。我跟死者别说私下来往了,连话都没说过几句。"

据我所知,佐佐木入住这家酒店的频率不高。因此,入职时间并不长的远谷确实少有机会接待到。

也许,他说的是真话。

可是就算他表面上与受害者没有接触,看起来好像完全没有动机,但也无法减轻他的嫌疑。毕竟无论多么小的事情都可能成为杀人动机,甚至有的时候,动机是别人完全无法理解的事情。

我把视线转向站在远谷旁边的水田,他一直跟着嫌疑人远谷,负责监视他。

水田三十多岁,虽然刚上完夜班,但发型和制服都保持着丝毫不乱的模样,一如他平时的作风。再看远谷,藏青色的制服和领带都变得皱皱巴巴,两人形成了鲜明的对比。

水田看了看我和诸冈,然后退到通往客厅的房门边。

水田昨晚在分馆的前台值班,因此从昨晚到今早,大部分时间他都跟我在一起工作。

我看向水田,开口道:"你能说说发现尸体时的情况吗?"

水田推了一下银边眼镜,开始介绍情况。

"今早五点多,信浓先生用外线打通了前台电话,说门锁好像出了问题,他打不开房门。信浓先生是我们酒店的常客,为了确保他能得到最周到的服务,我把前台工作托付给其他工作人员,亲自去了十一楼。"

"但是，你用万能钥匙也没能打开房门？"

"是的。信浓先生很烦躁，当即拨通了老板的电话。"

"当时我在十三楼，接到电话后马上赶到了十一楼，但是我的紧急备用钥匙也打不开房门，于是就跟水田一起把门踹开了。"

诸冈苦笑着插了一句，水田听罢点点头。

"我记得打开房门的时间大概是五点十五分。接着，我就跟老板发现了尸体，以及睡在旁边地毯上的远谷。"

"我不是睡在那里，是被人敲了脑袋，晕倒在了那里！"远谷大声纠正道。

此时他正表情扭曲地把冰袋按在后脑勺上。我拨开冰袋看了一眼，发现他的后脑勺处肿了一个大包。

"等会儿让多克看看你的伤吧。你先告诉我，昨晚究竟发生了什么。"

远谷用求救的目光看着我，开始讲述。

"昨天傍晚，有很多客人要求住高层套房，于是我往好多房间送了东西。十楼的客人格外多，我送的东西有……香槟，女士用的客房用品，工匠特制的开锁工具，五盒点三八口径的子弹，差不多就这些。"

"嗯，这个流程跟平时差不多。"

至于为什么有那么多客人在傍晚入住，我好像能猜到原因。

分馆十三楼设有酒吧，里面有个派对会场。昨晚会场内举办了一场盛大的派对，一直持续到今早。派对是晚上九点开始的，想必很多客人都赶在那个时间之前做完了自己的准备。

远谷继续道："接着我就去打扫，然后就被人从背后袭击了。我只觉得脑袋一痛，就成了现在这个样子。桐生侦探你是酒店里的侦探吧？求求你，证明我的清白吧。"

看起来远谷认为酒店侦探是无所不能的。看着他那双清澈的眼眸，我只能苦笑。

"冷静点。要查明真相，我先得掌握信息，你是在哪里遇袭的？"

"在十一楼。"

"就是这间客房所在的楼层啊。具体时间呢？"

"当时我已经快要结束工作了，所以应该过了晚上八点。但是具体时间我记不得了。"

这部分证词有点含糊。

可惜，该酒店内凡是有客房的楼层都没有安装监控摄像头。因此，远谷昨天的行动很难调查清楚。

阿缪莱特酒店有一套特殊的经营方针，在保护住客的隐私方面可谓史无前例。在此前提下，酒店内安装的摄像头极其有限。具体来说，就是限定在员工的活动区域、部分电梯厅，以及酒店各个设施的入口处。

这一情况导致酒店内发生重大事件时，经常由于缺乏监控录像，对调查产生不利的影响。

这时，水田开口补充道："话说回来，昨晚，夜班人员集合时，有人提到上一班次的远谷没做交接就走了。我记得当时应该是九点左右。"

"我没有走，我是被关了一夜！"

之所以没有人在意远谷的消失，一是因为他的轮班已经结束；二是几个月前他刚谈了个对象。由于他总在上班时秀恩爱，夜班人员便猜测他可能约了女朋友，于是急急忙忙地走了。

我叹了口气，继续提问。

"被敲了脑袋之后的事，你还记得什么？"

"我刚醒过来，一睁眼就发现自己躺在一具尸体旁边……啊！多克可以证明我不是凶手。"

远谷的声音突然充满自信，让我甚感奇怪。

"怎么回事？"

"一个月前，我确诊了桡神经麻痹征。我提到过的，你不记得了吗？"

我确实对桡神经麻痹征这个病名有印象。

它是指控制手和手腕活动的神经发生了病变，长时间压迫上臂会导致发病。

"哦，我记得你说过。总让女朋友枕着胳膊睡觉，结果左手麻了，平白多了不少麻烦。还没治好吗？"

"我还在定期请多克看诊，做着复健训练呢。他说神经的恢复速度比较慢，要三个月才能痊愈。所以，我左手的握力到现在还很弱。"

他高兴地伸出左手，在我面前晃了晃。

"虽然具体还要听听多克怎么说，但如果你的左手处于麻木状态是事实，那确实很难勒死一个人。"

"对吧？你看，我真的不是凶手。"

听到远谷迫不及待的断言，诸冈依旧是一脸半信半疑的表情。

"其实我很想相信远谷的话，但现在还不能确定你那个名字很长的麻痹征是不是装出来的……最重要的是，这间客房是个密室。"

诸冈指着墙边的服务车，继续道："凶手是绝对不可能从室外将服务车放到案发时所在的位置的。那也就证明，远谷绝对跟受害者的死有关。毕竟我们进来时，你跟尸体一起待在密室中。"

老板的话也不无道理。我习惯性地托着下巴陷入了思考。

"假设远谷是凶手……他可能先用某个借口把死者骗到了1101。选择这间客房的理由，是为了嫁祸信浓先生。"

因为工作需要，远谷持有一把万能钥匙，完全可以趁信浓不在的时候进入1101。事实上，他跟尸体一起被发现时，万能钥匙就掉落在旁边的地上。

远谷看着左手欲言又止，似乎一时间想不出该如何反驳。虽然觉得他有点可怜，但我还是毫不留情地继续道："然后，远谷勒死了佐佐木，但是不慎跌倒撞到脑袋，就这么晕过去了……等他醒来时，天已经亮了。外面的走廊上吵吵闹闹的，显然很快就要有人打开房门。于是，他把本来准备用于搬运尸体的服务车卡在门把手下面，给自己争取了一点时间。"

听到这里，水田皱着眉，推了一把眼镜，然后说："请容我插一句话。我觉得争取时间这里不太合理。高层套房的结构比较特殊，即使从窗户无法逃到隔壁或楼下的客房，酒店里的所有工作人员都会知道这件事，远谷自然也很清楚。"

"如果他是刚清醒过来，可能没想那么多。"诸冈也插嘴道。他把万宝路的烟蒂塞进便携式烟灰盒，继续说道："远谷在慌乱之中推来服务车卡住了房门。但他很快就想起来，自己根本无法逃出1101房。于是他决定装晕，伪造出自己也被凶手袭击了的假象，试图蒙混过关。这样如何？"

远谷哭丧着脸，又开始展示自己的左手，我忍不住笑了。

"现阶段能设想到的案情就是这样了……不过，我确实不认为这就是真相。"

远谷的表情一下子变亮了。

"太好了，你愿意相信我的话呀。"

"先不说信不信，现状很明显，有人试图把远谷设计成凶手。最关键的是，即使人在外面的走廊上，也能轻易制造出这样的密室。"

诸冈闻言瞪大了眼睛，接着就开始鼓掌。

"不愧是桐生，脑筋转得真快！这样就能解开密室之谜了吗？"

"因为这次用到的诡计不算复杂。"

我把卧室里的人领到客厅，开始详细解释。

"我发现的第一个疑点，是门边地毯上残留的凹痕。如果只是把一台手推车放在门边十五分钟左右，不可能留下如此清晰的痕迹。这就说明手推车放置在那里的时间要更长，恐怕有好几个小时。"

刚才亲自察看过凹痕的诸冈点了点头。

"有道理。所以远谷发现有人要进屋，情急之下把服务车卡在那里的说法不成立。"

"反过来说，凶手用服务车制造密室，很可能是为了把谋杀的罪行嫁祸给远谷。"

大约十秒的沉默过后，诸冈再次开口道："那么，在走廊上要如何制造这样的密室呢？"

"应该是用到了服务车上配套的桌布。当然，用别的布也可以制造密室，不过我刚才看了，密室里好像并没有白色的布。"

保险起见，我又去看了一眼卧室，顺便检查了一下玻璃墙结构的浴室和厕所，都没找到白色桌布。

"……桌布？"

"老板你也知道，客房门下面都有缝隙，只要东西够薄，就能从下面穿过去。"

其他酒店的前台也会通过门缝往客房里塞报纸和留言信封。由此可见，大多数酒店的客房门底下都留有缝隙。

至于阿缪莱特酒店，为了加强安全性，房门底部只留了几毫米的缝隙……尽管如此，还是足够一块布穿过的。

"形成这个密室的诡计大致是这样的——首先在门边铺好桌布，然后把四个轮子都锁死的服务车放在上面。服务车最好放在靠近房门的位置，但也要留出足够的空间，以便里面的人出来。"

听到这里，诸冈插了句话："哦，原来如此。凶手正常地走出房门，然后抓住事先铺在房门外的桌布，将停在上面的服务车拖拽到了门把手下方。"

"将服务车移动到目标位置后，凶手只需继续用力拖出整块桌布，就布置好密室了。"

相比地毯，桌布的表面更光滑，所以摩擦力不会很大，应该可以很轻松地抽出来带走。

但是，这样并没有解决所有的疑问。我皱紧眉头继续说道："密室诡计虽然破解了，但还剩下一个疑点，那就是为什么要制造密室……其实凶手根本没必要把1101布置成密室状态。"

"肯定是为了陷害我，绝对没错！"

远谷大声嚷嚷着，可我觉得事情并不是他说的那样。

"这很难说啊。你的左手不是已经恢复到了乍一看不像有问题的程度吗？也许凶手把你关进密室时，并不知道你的病情。"

"确实。如果凶手知道，应该会选别的工作人员嫁祸。"

"假设凶手不知道你的病情，那么制造密室这种行为就多余了。那个人只需要把你放在尸体旁边即可。不论这间客房是否是密室，跟尸体一起被发现的人都会变成头号嫌疑人。"

突然，诸冈笑了。

"……这说不定是对我们酒店下的战书呢？"

老板的声音依旧平静，但我总感觉屋子里的气温变低了。因为他的声音里似乎冒着寒气。

诸冈眯起眼睛，继续说道："阿缪莱特酒店不是普通的商业酒店，而分馆更是专门为犯罪者准备的安全地带。我们服务的都是那种特殊的客人。这里的会员费乍一看是天价，但也有与之相应的……不对，应该说物超所值的服务。对于这点，我很有信心。"

老板说得没错。

阿缪莱特酒店的本馆对普通客人开放，分馆则只有入了会的犯罪者才能留宿。当然，这个案子的受害者佐佐木也是犯罪者中的一员。

分馆的会员只要支付了相应的代价，就能享受全部服务。他们可以买到极其逼真的假护照，也能买到针对坦克用的榴弹发射器，甚至能得到银行内部的安保信息。

传言说老板是看了一部讲述杀手复仇的动作电影获得了灵感，才开了这家酒店……但我并不知其真伪。

当然，在分馆住宿也能享受普通酒店的服务。

比如馆内设有健身房和游泳池，但仅对会员开放。另外，低层套房中的最高层是仅限女性入住的楼层，附带美体服务的限量住宿套餐很受欢迎。

进入阿缪莱特酒店后，犯罪者们只需要遵守两条规矩。

一、不破坏酒店。

二、不在酒店范围内伤人害命。

除此之外，他们可以做任何事。但事实上，虽说就这么两条规矩，也不是所有人都会遵守。

顺带一提……阿缪莱特酒店内即使发生了杀人案，我们也不会报警。酒店会对尸体进行超高温焚烧，不留下任何痕迹，而案件的痕迹也会被秘密处理掉。

也就是说，在这里发生的案子会被完全抹除，变成"从未发生过的事情"。这在外面的世界是无法想象的，但正因为这里只有"内部"人员，才使之成为可能。

只可惜，在部分犯罪者眼中，案子变成"从未发生过的事情"具有极大的吸引力。若是遇上那种毫无道德观念的人……酒店的规矩就难以避免地会被打破。

虽然谋杀这种大案发生的次数并不算多，但是我感觉每年也会有那么几次。而且，那些犯罪者还会想方设法摆脱嫌疑，因此经常碰上怎么看都像是不可能犯罪的案子。

诸冈加重了语气，继续道："那个人在我的酒店打破了不能杀人这条最要紧的规矩。不仅把我的员工设计成凶手，还故意制造密室，向酒店的侦探发起挑战。我们必须尽快找到这个胆大包天的人。"

不用怀疑，最后那句话是对我说的。

因为阿缪莱特酒店一旦发生案子，就会交到酒店专属的侦探手上。

我平日的工作是夜班经理，管理酒店内部的安保事宜和处理一些小摩擦。不过，身为酒店侦探，我最重要的工作其实是破解案件里的谜团，找到触犯禁忌的凶手。

*

"有人打破了本酒店最大的禁忌，犯下了谋杀案。从现在起，我将行使酒店侦探的权限，开始调查。"

我对站在1101号房客厅里的三位客人说出了这句话。他们都是本案的嫌疑人。

我还请了诸冈和远谷作为旁听的见证人。

顺带一提，多克已经证明远谷的桡神经麻痹不是装的。他左手的握力并未恢复，经确认不可能完成勒杀的动作。所以，远谷的嫌疑得以洗清，现在作为一名证人参与到了调查中。

所有嫌疑人中，态度最不满的就是信浓。

毕竟在他住的客房里发生了谋杀案，现在他还要配合调查打开房门让人进来，会有这种反应实在正常。

信浓正用冷冰冰的眼神瞪着我。

"我自然明白酒店在遭遇这种事态时，会由侦探全权处理调查事宜，但也不至于把我们都叫过来吧？哼，这简直是浪费时间。"

信浓一屁股坐在了尸体刚才躺着的地方，表现得毫不在意。

此人年近四十，总爱穿一身深色西装，给人一种他刚从某个宴会上离开的感觉。而且哪怕雨天或身处室内，他都戴着一副黄框墨镜……先不管他的衣品，这人其实是暗中实施过多种诈骗行为的罪犯。

大约三年前，一则伪装土地持有人，骗走大企业六十亿日元巨款的新闻传遍了全国。警方至今仍未掌握与骗子有关的线索……而在我们的世界，这是信浓手下的诈骗团队"爱丽丝"

的战绩已经成了公开的秘密。

诸冈似乎知道信浓是个极其傲慢的人,连忙开口安抚道:"这不是情况特殊嘛。虽然我也很讨厌这种大张旗鼓的架势,但实在是需要几位来配合调查……事后我会好好补偿你的,行吗?"

面对态度过度殷勤的老板,信浓只是耸了耸肩。

"既然诸冈先生都这么说了,那这尸体出现在我的房间里,我也只能自认倒霉了。"

等所有人都没有意见了,我开始说明发现尸体时的情况,并解释1101号房处在密室状态,而站在走廊上,便能轻松制造出那样的密室。

"我已经破解了密室诡计。另外,现已查明持有万能钥匙的远谷与本案无关,也就侧面证实了只要夺走他身上的钥匙,任何人都可以进入1101……结合以上两点,我现在要询问各位的不在场情况。"

我的话音刚落下,坐在沙发上的伊田便抿起了鲜艳的嘴唇。她是1102号房的住客。

"不在场情况?昨晚应该有很多人住在分馆吧。"

她身上还穿着睡袍款家居服,胸前春光乍现。右手端着一只玻璃杯,里面是琥珀色的白兰地。这样调查时的景象也只能在这家酒店看到。

伊田应该有四十多岁了,但谁也不知道她具体多大年龄。今天早上她应该只化了淡妆,看起来依旧是一位脱俗的美人。

不过……她眼中的暗影过于深邃,就算是我,只看一眼都会觉得头晕目眩。不论什么人,只要跟她擦肩而过,脑子里都会警铃大作,提醒自己千万不能被她的外表欺骗。

伊田是个声名在外的杀手。

她主要活动场所在海外，传闻曾在一夜之间干掉了被三十名保镖守护的目标。虽然我不知道这则传言的真伪，不过单看她身上散发出的凌厉气场，就算是真的也不足为奇。

我轻吸一口气，开始回应她的提问。

"应该很多人都知道，从昨晚到今早，十三楼的酒吧有一场盛大的派对。准确来说，举办派对的地方是酒吧内部的派对会场。"

"这个我知道。我记得是某个盗窃团伙为了庆祝他们干了一桩大的，才搞了这么个派对，没错吧？"

说完，她抿了一口白兰地。

"你说得没错。昨天，高层套房的几乎所有房客都被邀请去参加派对。当然，多亏有那场派对，我轻松获取了受邀客人的不在场证明。从晚上九点到凌晨五点，所有人都没有离开过十三楼。"

伊田发出一声嗤笑。

"难怪昨晚酒吧没什么人，原来大家都在派对会场啊。你该不会想说，除了我们三个，其他人都有不在场证明吧？"

"正是如此。"

"怎么可能！工作人员呢？就算这个工作人员因为什么神经麻痹没有作案的能力，应该也有无法提供不在场证明的工作人员吧。"

"负责派对会场和酒吧运营的工作人员在工作时间内全部集中在十三楼。就算是离开十三楼去休息的时候，他们也都使用的是直通休息区的专属电梯。那部电梯只停靠大堂所在楼层、十三层，以及十三层往上的酒吧、桑拿房和餐厅等设施所在楼层，不会在包括十一楼在内的客房楼层停留。也就是说，那些工作人员都没有机会进入十一楼。"

"别的工作人员呢？"

"酒店规定，工作人员在夜间不得无故前往高层套房。而昨晚九点以后，高层套房的住客没有人向前台提出要求……结果就是，进入高层套房的工作人员只有一人。"

伊田扇动着长长的睫毛，抬起头瞥了我一眼。

"那你能说说，为什么把那名工作人员排除出了嫌疑人名单吗？"

"凌晨两点半，那名工作人员将酒店物品送往十一楼。工作人员专用电梯的旁边就是布草间，他只把东西送到了里面。"

"……原来如此。"

"专用电梯门口装有监控摄像头。我已经检查过监控录像，证实他在高层套房只停留了一分钟。当然，除去了乘坐电梯花费的时间。"

伊田皱起眉，用英语低声骂了一句，然后继续道："确实……只有一分钟，很难完成犯罪再回到电梯口。"

"没错。距离就是首要问题，无论怎么赶，都是来不及的。"

"这消息真叫人高兴不起来。"伊田低声说着，然后陷入了沉默。

在她之后开口的是深川。她是1103号房的住客，此时正用仇视敌人的目光看着我。

"那老板和桐生侦探又如何？我感觉你们两位的行动轨迹应该跟别的工作人员不一样。"

我和诸冈对视了一眼。老板似乎下定了决心，先开口道："我虽然是酒店方的人，但是跟受邀参加派对的宾客的行动轨迹一致。昨天晚上我一直跟朋友在十三楼吃喝，一直待到了早上。"

"那这位酒店侦探呢?"

"桐生去派对会场和大家打了个招呼,然后巡视酒吧,晚上十点乘坐工作人员专用电梯离开了高层套房。之后一直在前台旁边工作,没有机会作案。"

"这样啊。"深川有点不服气地闷声说道。

此人三十出头,穿着款式经典的黑色长袖连衣裙,没精打采的模样神似藏狐。

虽然她是这几个人里长相最不起眼的,但其实是盗窃团伙"普罗米修斯"的高层人员,在犯罪界的名气不亚于其余二人。

"普罗米修斯"最擅长的作案手法,是用美术品的赝品替换真品,并且不被持有者发现。据我所知,这个团伙经手的案子,只有不到百分之一的受害者报了警……剩下那百分之九十九的持有者至今仍把赝品当成真品珍藏。

深川就是想到这个作案手段的人。凭借这些功绩,她在"普罗米修斯"的地位称得上是"二把手"。

"……我听闻,深川女士跟昨天举办派对的团伙是竞争关系呢。"

话音落下,深川气鼓鼓地点了点头。

"不过是办成了一桩小事,还专门开个庆祝派对,真是不知所谓。都怪那帮人,害我成了没有不在场证明的人!"

如果不加以阻止,她恐怕会一直抱怨下去。我不想听那些话,连忙继续道:"不管怎么说……经筛查,本案的嫌疑人只剩下 1101 的信浓先生、1102 的伊田女士,还有 1103 的深川女士。"

几秒钟的沉默过后,信浓哼了一声。他往杯子里倒了些白葡萄酒，然后开口道："我有一点疑问，受害者并不是高层套房的房客，对吧？"

"没错，他住在0906号房。"

"我猜也是。那家伙是个吝啬的敲诈犯，不可能有使用高层套房的会员等级……所以，佐佐木究竟是怎么来到这个楼层的？我记得高层套房的电梯需要在大堂刷会员卡才能上来吧。"

"我询问过高层套房直通电梯的负责人，还查看了电梯门口的监控录像，发现佐佐木先生假扮成了派对的受邀宾客。此人伪造了邀请函，还用巧妙的话术将自己不在受邀名单上的事蒙混过去了。"

"喂，这到底是怎么回事！难道酒店的安保措施没有你们宣传的那样周密吗？"

信浓说得没错。

在这个问题上，酒店方只能认栽。这的确是阿缪莱特酒店的失职。不过也不得不强调一个事实，那就是派对主办方的宾客管理工作不够到位，才让受害者找到机会进入了高层套房。

没等我说出辩解的话及改善措施，深川就像做梦一样喃喃道："就算安保措施万无一失，能拥有会员资格的，都是些实力强悍的罪犯，本就形成了最坚硬的盾与最锋利的矛被放在一起的状态。二者之间的平衡骤然崩溃，我觉得也挺正常吧？"

听到这番话，诸冈不知为何露出了笑容。

"很遗憾，我们酒店的安保措施的确被突破了。对此我不会做任何辩驳。不过……我可以保证，本酒店绝不会放过打破了最大禁忌的人。毕竟我们有一位优秀的侦探啊。"

可能因为我站在与犯罪者对立的"侦探"立场上，深川向我投来了轻蔑与厌恶的目光，再次开口道："老板，我也无意为破坏规则、欺骗工作人员的佐佐木辩护。"

这时，伊田突然意义颇深地眯起了眼睛。

"我觉得吧，佐佐木的死应该是自作自受。既然那人用不正当的手段潜入了高层套房，那么将其杀害的人应该算是正当防卫。"

"很遗憾，事情不能这么简单地解决。"

我插了一句嘴，从胸前的口袋里掏出了调查笔记。

"昨晚九点以后，佐佐木潜入派对会场，并在那里见了一个朋友。根据那位朋友的证词，佐佐木当时说：'我跟一个人私下约了在高层套房见面。'"

"也就是说，很可能是有人把佐佐木叫到十一楼，然后将其杀害？"

"那个所谓的朋友跟案子没有关系吗？"

"那个朋友跟其他派对受邀宾客一样，有完美的不在场证明……不过，那人还是跟这个案子有点关系。因为我查到，佐佐木偷走了朋友的房门钥匙。而那个朋友，住在高层套房十二楼。"

"盗窃团伙成员的东西被偷了，这简直是个笑话。不过在这家酒店，这也不算什么稀罕事。"

我苦笑着说完，伊田又叹了口气。

"昨天的受害者还真是为所欲为啊。"

"没错。九点半左右，佐佐木离开派对会场，擅自进入朋友在十二楼的客房打发时间，还在室内留下了一些痕迹。"

我说到这里，诸冈揉着太阳穴补充道："如果佐佐木在派对会场多停留一段时间，就能留下可以确定遇害时间的线索了。只可惜此人在九点半左右离开了十三楼，之后就再没有出现在监控画面中。"

嫌疑人全都陷入了沉默。我又继续道："因为这不是警方的调查，我不会按照正常的审讯步骤行事。现在开始，我会一次性向三位询问案发当晚的不在场情况，请你们做好准备。"

三个人都露出"随便你"的表情。我权当他们答应了，视线再次落到调查笔记上。

"在此之前，我要先告诉各位一个情况，以供参考——多克经检查推断，佐佐木的死亡时间大概是晚上十点到凌晨两点之间。在这四个小时里，此人因为被人勒住脖颈而窒息死亡。"

信浓没好气地嘀咕道："哼，我们只要说说在那段时间的行动就可以了吧？"

"那样还不够。因为我还查明了凶手有机会拿到用于制造密室的服务车的时间段。"

"什么意思？那难道是用来搞什么特殊服务的推车吗？"

信浓摇晃着酒杯，面露惊讶。我点了点头。

"刚才提到，凌晨两点，有工作人员来过高层套房。他当时用于搬运物品的推车，就是案发时在现场的那台。"

伊田听了，歪着头问道："你怎么知道就是那台推车？"

"因为那台推车的把手上有划痕，而在1101发现的推车上也有同样的划痕。所以可以认定，二者是同一台推车。"

这是我问了好几个工作人员才得到的线索。我继续道："经核实，那台推车在低层套房使用过，用完就被送回了高层套房的布草间。"

深川闻言，困惑地开口："奇怪，那不就证明凶手在杀死佐佐木后，至少等了三十分钟，甚至有可能等了四个半小时，才实施了密室诡计吗？"

我点点头。

"我也是这么想的。不过，如果继续推理下去，应该能明白凶手如此行动的理由。那么，先来听听证人远谷的发言吧。"

"晚上八点左右，我被人从后面袭击了。我没看见对方的长相，而且后来应该被喂了安眠药，等我醒过来，已经是早上了。"

"被人殴打头部之后的事，你还记得什么吗？"

"其间我醒过两次，但是身体动不了，视野里只能看见地毯。而且我当时根本分不清看到的是梦境还是现实。"

远谷的声音越来越小，我便鼓励道："是不是现实，我自己会判断。"

"……第一次醒来时，我发现自己躺在地毯上。而且好像被人塞进床底下了。"

"你看见什么了吗？"

"室内一片漆黑，应该是没开灯……不过地毯上有绿色和蓝色的光，忽明忽灭。我猜那应该是从外面照进来的光。"

诸冈闻言，抽出一根万宝路，疑惑地说："1101号房确实对着外面居酒屋的复古霓虹灯牌……不过那家店的招牌应该是黄白两色的才对啊。"

"没错。因为颜色不一样，所以我才怀疑是在做梦。"

见远谷对自己的记忆不太有自信，我点点头说道："放心吧，那不是梦。"

"啊？"

"听说那家居酒屋昨天有十周年纪念活动，所以晚上没有开霓虹灯，而是在店铺周围安装了LED灯饰，搞了一场限时演出。我趁着休息去看了一会儿热闹，他们用的就是蓝色和绿色的LED灯。"

"也就是说，我看见的是现实中的1101号房？"

"应该没错。因为在这个楼层，能看见那边的照明的，只有1101号房。其他房间的窗户角度不一样，光照不进去。"

说着，我看向窗外。

那间居酒屋所在的建筑物被雨幕遮挡，显得有些模糊。单看外表，让人有一种分不清是刻意制造的复古感，还是时光错乱的感觉。现在都快中午了，LED灯饰和霓虹灯自然是熄灭的。我又走到窗边看了看，隔着蕾丝窗帘，隐约能看见外面的马路和穿行的车辆。

诸冈也学着我看向窗外，口中嘀咕道："那家店的灯饰是什么时候关掉的？"

"去居酒屋问问就知道了。不过我猜，因为附近居民的投诉，他们应该在凌晨一点就熄灯了。昨晚也一样。"

"我这就叫水田去居酒屋询问。桐生，你继续吧。"

诸冈叼着香烟，走向客房的内线电话。我则继续刚才的询问。

"你还记得什么吗？"

远谷依旧是一副惴惴不安的模样，低着头开始讲述。

"第二次醒来时的记忆就更模糊了……我好像在黑暗中看见了什么人的脚，还听见了说话声和哽住的惨叫声。"

"你有没有听清说了些什么？"

"我只听见'那么，这就是永别了'。声音很小，听不出是谁……从语气和声线判断，应该是个女人……而且那个声音充满了恶意，连我都感到毛骨悚然。"

信浓闻言，放下高脚杯，自言自语般喃喃道："这应该是行凶时的话语。所以说，凶手是个女人？"

"有可能。后来我又听见了哽住的声音，现在想起来，那可能是人被勒住脖子时发出的动静。"

说着，远谷身子抖了抖。而我则眯起了眼睛。

"可能性很高。你当时注意到灯饰的光了吗？"

远谷闭着眼睛回忆了片刻，然后惊讶地张开了嘴。

"这么说来，当时确实没看到绿色和蓝色的光。不过房间里并不是全黑的，看着也不像开了室内照明……对了，那种感觉就像是，街上的灯光照进了室内，让我能看见周围的情况！"

"原来如此，看来当时房间里没有拉窗帘。如此一来，佐佐木被勒死的时间就是在居酒屋关掉灯饰之后。换言之，是凌晨一点以后。"

这时，诸冈打完了电话，放下听筒开口道："我们来整理一下吧。凶手在晚上八点左右袭击远谷致其晕倒，然后把他塞进了1101号房的床下。接着，凶手在凌晨一点到两点之间杀害了佐佐木，并在凌晨两点半以后使用服务车制造了密室。差不多就是这样吧？"

信浓嘲讽地撇了撇嘴。

"哼，听着倒挺像那么回事，但前提是这个工作人员说的话可信，不是吗？"

他的话也有道理。我点点头表示赞同。

"万一远谷的证词中掺杂谎言，那应该会在接下来的调查中露馅。所以，接下来我能问信浓先生几个问题吗？"

见矛头转向自己，信浓脸上闪过一丝退缩。

想来，他那一身傲气并不允许自己做出这种反应，于是他很快变回了目空一切的嘴脸，开口说道："我晚上八点左右吃过晚饭就回房了，八点半出发去十三楼的酒吧……所以我猜，远谷应该是八点半以后遭到了袭击。然后，凶手把远谷拖进了我不在的1101号房。"

"很有可能。请问你在酒吧待到了几点？"

"我九点跟深川碰面谈事情，快十点时结束。整个酒吧只有我和深川两个客人。这么说来，伊田昨晚来酒吧的时间比平时迟了一些吧？"

对此，伊田只是吐了口气，没有回答。信浓不再理会她，继续道："平时我都会喝一个晚上，不过昨晚身体突然有点不舒服。"

"身体不舒服？"

"我经常紧张性头痛。昨天我实在受不了了，很痛苦，就在谈完事后回了自己的房间。深川，那时给你添麻烦了。"

对此，深川气愤又嫌弃地说："还说呢，事情都没谈完你就开始晃晃悠悠的了。平时你不都是吃药抑制头痛，然后喝上一整夜吗？"

"不好意思。昨天的症状比较严重，我好不容易才忍到谈完事，后面实在没法陪你了。"

我也很清楚，信浓是个嗜酒之徒。

同时摄入酒精和头痛药非常危险，不过信浓就是那种抓一把药用一大口威士忌咽下去的人。他好像知道自己的量在哪里，从来不会醉得失去分寸。

深川又不耐烦地说："昨天我也说了，大把的人等着跟我谈事情，我忙得很。本来就没时间跟你喝酒。"

信浓露出一抹装模作样的苦笑。

"你好冷漠啊。顺带一提,我回到房间后,服下止痛药便倒在床上睡着了。"

"原来如此。根据刚才你说的话,可以想象信浓先生睡下时,本酒店的远谷恐怕就在你的床下啊。"

听罢,信浓脸上露出了厌恶的表情。

"我完全不愿意想象。不管怎么说,幸亏我在平白遭受更多牵连之前就离开了房间。睡了大约一个小时吧,我觉得头痛好多了,于是在十一点过后回到了十三楼的酒吧。"

在展开问询之前,我已经向包含酒吧人员在内的所有酒店工作人员打听过嫌疑人的行动。结果表明,他们在酒吧时并没有可疑的行动,也没有问过工作人员奇怪的问题。

这场问询其实是为了诈出有可能存在的说谎的人,目前看来,信浓的证词与员工证词和监控录像全部符合。

"你回到酒吧后,做了些什么?"

"好不容易来一趟酒店,光待在房间里多无聊啊。所以我在酒吧一直坐到了早上五点左右。昨天酒吧的客人很少,让我有点失望,不过一点都不无聊。我跟酒吧经理聊得很好,后来伊田也来了。"

我在脑内把他说的话整理了一遍,然后说道:"也就是说,信浓先生没有不在场证明的时间段是……晚上十点到十一点这一个小时。"

"没错。"

"这个时间段恰好在受害者的推定死亡时间范围内。不过根据远谷的证词,佐佐木遇害的时间是凌晨一点到两点之间。如此看来,信浓先生没有作案的机会。"

听了我的话,信浓似乎放心了一些。他再次端起白葡萄酒喝了一口，然后喃喃道："看来证词对我有利啊……凶手果然是女人吗？"

"看来是的。不过，既然尸体出现在1101号房，信浓先生是凶手的可能性本来就很低。"

"为什么？"

"因为凶手拿走了万能钥匙，可以自由进出所有的房间。从心理上说，凶手应该会选择不是自己的房间进行犯罪。毕竟如果尸体在自己的房间被发现，房客或多或少都会遭到怀疑。"

"原来如此。"

这时内线电话响了。诸冈抢先一步拿起听筒，对着电话说了几句，然后对众人说："是水田打来的。他问过对面的居酒屋了，今天凌晨一点，他们准时关闭了特别布置的灯饰。"

"这下可以确认我什么都没干了。从时间上看，我没有条件制造密室。"信浓的声音里多了几分雀跃，还夸张地打了个响指。

他的说法符合逻辑，我点了点头。

"是的。因为服务车被送到十一楼的时间是凌晨两点半，那之后一直都有不在场证明的信浓先生没有机会作案。"

伊田似乎不能接受这个结论，插嘴道："但是信浓在清晨五点回到自己的房间，不需要考虑一下他在那时制造密室的可能性吗？"

"不需要。从地毯上残留的凹痕深度来看，早在发现尸体的几个小时前，推车就被放在门边了。"

"哦，是吗……"

"那么伊田女士，接下来能请你说说昨晚的行动吗？"

"昨天我一直在往下两层楼的女士楼层做美体，一直做到七点，然后就回房了。如果是平时，我会去十三楼的酒吧喝酒，再简单吃点东西。不过昨天一位常客突然联系我，说要跟我吃饭，所以我从九点开始就在二楼的意大利餐厅用餐。"

"也就是说，用餐期间你并不在高层套房。"

当然，我已经知道这件事了。

餐厅的工作人员告诉我，伊田的常客突然预约了位置，而伊田也的确跟那个人一块儿用了餐。另外，通过老板的情报网，我还知道那位常客找伊田，是因为有个急活要委托给她。

伊田眯起了漆黑深邃的双眼。

"你都已经知道了，为什么还问我？我跟客户在餐厅待到十一点半，然后直接去了十三楼的酒吧。我一个人在酒吧喝酒，跟信浓聊了聊天，玩了一会儿游戏，回到房间时应该是凌晨三点了。"

"你的叙述与酒吧经理记忆里的一致。"

"回房后，我怎么都睡不着，决定再喝一场，于是四点过后又去了酒吧。"

"然后到尸体被发现为止，你一直赖在酒吧，是吗？"

"你这么说可真不好听，不过情况就是这样。"

"我总结一下，伊田女士没有不在场证明的时间段是凌晨三点到四点之间的一个小时……怪了。一般深夜时段很难有不在场证明吧，可是信浓先生和伊田女士反倒是没有不在场证明的时间段较少。"

"罪犯们都是夜行动物啊。虽然也要看具体的职业类型，不过不少人都是昼伏夜出的吧？"

伊田露出游刃有余的微笑，反倒是我，不得不垂下了目光。

"你说得没错。"

"而且，幸运的是，我没有不在场证明的时间段完美避开了死者的推测死亡时间。"

"是啊，伊田女士没有机会杀害佐佐木。"

深川明显对事情的发展非常不满，当即提出了异议。

"现在下结论还太早吧？更何况这个人是个职业杀手。"

"这就是你的偏见了。工作之外绝不杀人是我的行事准则，万一杀了人，那我岂不是白干？"伊田忍俊不禁地笑道。

深川见说不过她，又转头看向我。

"这个杀手在十一点半从二楼移动到了十三楼，有没有可能她中途在十一楼停留，然后行凶呢？"

"你怎么看，酒店侦探先生？"

见二人把"烫手山芋"扔给我，我只能回以苦笑。

"伊田女士的这一移动过程被电梯附近的监控摄像头拍到了。我对比了监控录像的时间，证实她的确是直接从二楼去了十三楼。"

"话是这么说，但这个女人仍有机会使用服务车制造密室，难道不是吗？"

深川依旧死咬不放。伊田干脆用教育幼儿园小朋友的语气说："不准胡说哦。在判明没有机会杀人的那一刻，我的嫌疑就洗清了。"

"你什么意思，年纪大了脑子被虫蛀了？"

二人开始用凶狠的眼神交流。我不由得叹了口气，真希望她们考虑一下我这个"夹心饼干"的心情。

"那什么，我能继续询问深川女士的行动轨迹吗？"

"我在房间里待到了晚上九点左右。刚才信浓不是说了吗，从九点开始，我跟他在十三楼的酒吧谈事情。"

"然后信浓先生十点钟返回了房间,对吧?"

闻言,深川点了点头。

"我在差不多的时间去了二楼的意大利餐厅,在那里跟其他人谈事情。"

阿缪莱特酒店二楼的餐厅是二十四小时营业制,到了深夜就会变为意大利酒馆模式。深川到达的时间,应该是餐厅切换为酒馆的时间段。

"那时候的话,伊田女士也在餐厅里吧?"

"没错,我一进门就看见她了,还跟她打了招呼。"

伊田一直看着别处,并没有表示赞同。我抬起手托住下巴。

"深川女士在二楼待到了几点?"

"十一点半谈完事,我就马上回了房间。哦,离开前我还跟那位大妈说话了。"

"伊田女士?你跟她说什么了?"

"就是简单聊了几句。我记得她提到接下来要去十三楼的酒吧喝酒。"

"原来如此……但是你回房后并没有休息,请问是为什么呢?"

深川的目光突然变得凌厉。

"你就只会怀疑人!我只是回去补妆的,当然没有休息啊!而且零点过后,我就离开房间又去了二楼餐厅。"

"你又去了餐厅?"

"不可以吗?我叫了自己人过去喝闷酒,一直喝到早上。因为谈的两件事都不如意,真是浪费时间。"

接收到深川仇视的目光,信浓露出了不耐烦的表情。

"干什么,分明是你开的价太低了。我又不是做慈善的,还能惯着你不成?"

"啊？你开的价简直就是抢钱！"

信浓和深川完全顾不上正在调查的谋杀案，你一言我一语地吵了起来。

诸冈实在看不下去，上前劝阻道："两位！等案子调查完，随便你们怎么吵怎么闹都行。现在能先配合调查吗？"

"抱歉了，老板。"深川闻言不再理会信浓，继续讲述，"再次回到二楼餐厅后，我一直待到天亮，其间没有踏足高层套房。你问我家的成员就知道了。或者问问高层套房直通电梯的负责人，他应该也是一样的说法。"

她的叙述跟我事先收集到的信息并无矛盾。

"如此一来，深川小姐就只有晚上十一点半到凌晨零点三十分没有不在场证明，对吧？虽然在推断的死亡时间范围内，但在这段时间，居酒屋的灯饰还没有熄灭。"

深川眯起狭长的双眼笑了。

"也就是说，我也不可能动手杀人。当然，更没有机会把1101号房变成密室。"

也许因为事情变得怪异起来了，诸冈有点不安地看着我。

"到头来，这三位都没有行凶的机会啊！假如远谷说的都是事实，那佐佐木就是在凌晨一点到两点之间遇害的。可是在那个时间段，所有人都有牢不可破的不在场证明。"

伊田靠在沙发上，露出一抹妖艳的笑容。

"既然如此，要么是那位工作人员撒谎了，要么他就是真凶。老实说，我非常怀疑多克的诊断是不是出错了，那位工作人员并没有像样的不在场证明，而且在这种情况下撒谎，更是证明了他可能是凶手。"

远谷闻言，脸色变得比刚才还要苍白，身体开始发抖。

"当时确实没有蓝色和绿色的光。那为什么……"

我盯着地面思索了一会儿,继续道:"我认为,现在还暂时不能断定远谷就是凶手,而多克的诊断应该不会有错。最关键的是,就算假设远谷是凶手,这个案子依旧存在矛盾点。"

"比如什么?"信浓用尖锐的语气反问。

"比如远谷明明有充裕的时间逃走,可他却跟尸体一块儿待在1101号房。而且不知为何,还让服务车制造的密室状态保持了很长时间。不得不说,这些行动都毫无意义。"

深川恨铁不成钢地白了我一眼。

"你是蠢货吗?为什么要因为这些细枝末节的问题颠覆整个结论?"

"不,案情的真相就如拼图,到最后每一条线索都会完美地拼凑上。如果多出了几块拼图,或者把形状不吻合的拼图强行安在一块儿,最后得出的就不是真相。"

信浓和深川都露出了不友善的表情,伊田则忍着笑开口道:"话也许可以这么说,但你解开这个谜题了吗?"

我坦然地迎向伊田挑衅的目光,回以浅笑。

"当然……我已经抓住了真相的尾巴。"

*

"首先,我要解决'所有人都没有机会行凶'这个问题。"

话音刚落,伊田就游刃有余地发出了疑问。

"怎么,你要承认那位工作人员说谎了?"

"不……其实,仅凭'在室内看不见居酒屋的灯饰光芒'并不能得出'时间是凌晨一点以后'这个结论。"

"什么意思?"深川喃喃道。

"之前应该提到过，在这个楼层，能看见灯饰光芒的只有1101号房。其他房间的窗户角度不一样，所以看不见灯饰光芒。"

诸冈猛地瞪大了眼睛。

"难道你想说，佐佐木遇害的地方不是1101？"

"正是如此。凶手既然拿着工作人员专用的万能钥匙，就能轻松进入所有的客房。"

"等等，这不对吧。远谷不是说了，他第一次醒过来时，看见了绿色和蓝色的光？"

"我怀疑远谷一开始被拖进了1101号房，后来出于某种理由，又被移动到了别的房间。所以我认为，行凶现场应该在1102或者1103号房。"

伊田和深川难以置信地对视了一眼。

"你这借口未免太蹩脚了吧。"

"我们的房间是案发现场？"

此时这两个人的态度非常一致，很难看出刚才还在用眼神厮杀。见此情景，我摇了摇头。

"请二位听完我的推理，再判断是不是借口吧。不管怎么说，经过这番操作，佐佐木被害的时间范围就扩大到了晚上十点到凌晨两点。如此一来，信浓先生和深川女士都变成了'有机会行凶'的人。"

因为信浓没有晚上十点到十一点的不在场证明，而深川没有晚上十一点半到午夜零点的不在场证明。

被点到名字的二人都沉默了。伊田瞥了他们一眼，饶有兴致地喃喃道："我有晚上十点到凌晨两点的不在场证明，可以按照排除法排除作案嫌疑。所以，现在我能离开了吗？"

她说完就要站起身，我厉声喝止道："不行，你还是要留下来。至于为什么，我想你应该再清楚不过了。"

"……这是什么意思？"

"你确实没有机会杀害佐佐木，但是你没有凌晨三点到凌晨四点的不在场证明。换言之，你是所有房客中，唯一有机会用服务车制造密室的人。"

伊田看起来不知该如何反驳。我继续说道："这个案子，仅凭一位房客无法完成，但只要几个人合作，就并非不可能了。"

"你说有共犯？"

我听见了诸冈的惊呼，但没有直接回答，而是继续道："先来分析一下有可能参与犯罪的人选吧。有机会行凶的人是信浓先生和深川女士，而有机会制造密室的是伊田女士。那么就有信浓先生行凶，伊田女士制造密室的组合，以及深川女士行凶，伊田女士制造密室两种组合。"

听到这里，信浓骤然变了脸。

"桐生……你这是认真的吗？"

"当然。"

"你仔细想想，尸体是在1101号房发现的。如果我和伊田是共犯，肯定会选择别人的房间行事，否则就不合逻辑。"

"说不定中间有人叛变了呢。这又不是什么稀罕事。"深川嘲讽道。

信浓不耐烦地说："什么叛变不叛变的。伊田不是杀手吗，为什么要由我负责行凶，而伊田去制造密室？无论怎么想都该反过来吧？"

就这样，二人又吵了起来。我忍不住露出了苦笑。

"两位客人，这种想法本身就是无稽之谈。"

深川闻言，瞬间把怒火转向了我。

"你什么意思？不是你自己说有共犯的吗！"

"我可没说有共犯。你还记得我为什么断定制造密室的时间是凌晨两点半以后吗？"

"因为服务车啊。"

"没错。不过，是因为低层套房使用的推车空了出来，工作人员碰巧在那个时间把它送回了十一楼的布草间，所以我才掌握了具体时间。"

我瞥了一眼咬着嘴唇陷入沉思的深川，继续说道："那是一个偶发事件，无法提前预知，所以自然没办法把它当作伪造不在场证明计划的一环。也就是说……被害人死亡时间和制造密室的时间中间虽然有所间隔，但制造密室并不是为了伪造不在场证明。"

诸冈闷哼一声。

"嗯……我还是想不明白。照你这么说，就无法判断凶手们为什么没有在行凶后马上制造密室了。如果不是为了伪造不在场证明，那间隔一段时间后再制造密室的意义究竟是什么？"

"在思考理由之前，先解决最重要的问题吧。究竟是谁杀死了佐佐木？对此，我已经有答案了。"

室内陷入一片死寂。我保持着平淡的语气开口道："凶手是……信浓先生。"

所有人的目光都集中在端坐于沙发的信浓身上。他气急败坏地喊道："开什么玩笑！凭什么是我！"

就连平时一向对我的推理深信不疑的诸冈，此时也不安地嘀咕道："可发现尸体的地方是1101号房啊。如果他是凶手，尸体应该在别的房间吧。"

"这个我可以解释，就像拼出一幅完美的拼图那样。"

我舔了舔嘴唇，视线回到信浓身上，继续说明案情。

"根据远谷的证词，基本可以确定他最初倒下的地方就是1101号房。"

"对，因为能看到居酒屋灯饰光芒的只有这个房间。"诸冈点头肯定道。

隔着窗边的纱帘，外面就是居酒屋所在的建筑。

"其后，远谷被转移到了别的房间，后来又跟尸体一块儿被搬回了1101。深川女士在晚上十点到凌晨两点之间虽然有缺乏不在场证明的时间段，但如果她是凶手，没理由在行凶时将远谷转移到其他房间。"

这番话对深川是有利的，但她好像不太理解。只见她呆滞地问道："为什么？"

"为了不被怀疑，一般人都会选择自己房间以外的地方作为行凶地点，对吧？而远谷最开始所在的1101号房并不是深川女士的房间，所以她大可以直接行凶，没必要冒着被人看见的风险，把他转移到别的房间。"

信浓死死地盯着我。

"别找借口了。深川肯定是发现我身体不舒服要回房间，临时改变了计划。"

"即便如此，还是不合逻辑。"

"哪里不合逻辑？"

"深川女士在信浓先生回房后就去了二楼，之后再也没有踏足过十三楼的酒吧。她不可能知道你在'假寐'之后又去了酒吧。"

停顿片刻，我换上了不容置疑的口吻。

"假如她以为信浓先生一直待在1101号房，就不会贸然用万能钥匙开门。因为就算能溜进去，被发现的风险还是太高了。"

信浓立刻反驳道："不对。她可以试探，也可以用别的方法。再说，远谷已经躺在1101号房的卧室里了，她会不会忘了要把那家伙拖走？"

"如果是我处在那种情况下，就会放弃远谷，然后将杀人计划延后，或是想办法栽赃给另一个人。"

"深川又不一定会这么想。"

"即便如此，深川女士在踏入1101号房的卧室时也会发现信浓先生已经不在里面了。听说信浓先生是出了名的嗜酒如命，对吧？"

深川闻言，立即强烈地表示赞同。

"这人就爱赖在酒吧不走，哪怕还在大把大把地吃头痛药。"

"这样的人如果不在自己的房间，最有可能的就是回到了十三楼的酒吧。如果是我，首先会去酒吧试探信浓先生是否'复活'了。只要联系一下酒吧，确认信浓先生已经'复活'，就能按照原定计划继续使用1101号房了，不是吗？换作深川女士，想必也会这么做。"

一直沉默不语的诸冈点了点头，开口道："嗯，应该不会有错。只要确认到信浓先生已'复活'，就不需要把远谷转移到别的房间了。"

"然而，远谷确实被转移到了别的房间。这个事实证明，深川女士没有开过1101号房的门，也证明深川女士不是杀害佐佐木的凶手。"

信浓盯着地毯，像是在思考如何反驳。过了一会儿，他咬牙切齿地说："不对，你这么说才不合逻辑。远谷听见一个女人说：'那么，这就是永别了。'之前你也说了，凶手是女人，不是我。"

他的反驳毫无意义。我耸了耸肩。

"行凶时，室内确实有女性在场。不过，她不需要是凶手。因为受害者佐佐木，就是一名女性。"

佐佐木住的是九楼的房间，也就是低层套房的最高楼层。这层楼是女士专区，能入住的自然只有女性。

信浓恶狠狠地哼了一声，哑着嗓子说："你的意思是，那句话是佐佐木说的？"

"我认为很有可能。那句话可能只是告别的意思，也可能带有要杀了你的深意……因为工作比较特殊，我们经常会遇到立场对立的情况。所以就算信浓先生与佐佐木的关系发展到了你死我活的地步，我也不会感到惊讶。也许你们对彼此产生了杀意，而佐佐木先动了手。"

信浓再次陷入沉默。我加强攻势，乘胜追击。

"晚上八点左右，你袭击了远谷致其晕厥，然后把他塞进自己房间的床底下。当然，你应该没想到他中途会醒过来。当时虽然已经是晚上八点，但派对和会晤都还没开始，酒店里的房客很可能还留在各自的房间里。与其在这个时候把远谷拖到别人的房间，还不如留在自己的房间更不容易被发现。"

听到这里，深川毫不掩饰地露出厌恶的表情。

"然后到了九点，信浓若无其事地跟我谈事情，又随便找了个理由回房？"

"正是如此。"

"信浓回到房间后，拿走了远谷身上的万能钥匙，把他移动到了伊田女士的房间，也就是1102号房。接着又把佐佐木带进房间杀害了？"

深川一口气说出了这番话，我则看着她，眯起了眼睛。

"歪曲事实可不好哦。真正的凶案现场是1103号房。"

"……啊？"

"你对信浓先生说过，晚上十点以后还有下一场事情要谈，对吧？信浓先生知道深川女士暂时不会返回自己的房间，当然会选择那个房间了。"

"不对，不是我的房间！"

"而伊田女士的聚餐是临时决定的，不是吗？虽然信浓先生知道她不在酒吧里，却无从知晓她究竟在何处。她是否待在1102号房？如果不在屋里，那会不会有立刻回来的可能性？这些他都不可能知道。"

闻言，伊田吃吃地笑了。

"确实，如果明知道1103号房会空着，我肯定选那一间了。"

"正是如此。信浓先生使用万能钥匙，把远谷移动到了1103号房的床底下。之后他又把佐佐木叫到那个房间，并在卧室将其勒死。"

远谷恰在此时醒了过来，看见了一部分室内的情形，并且听见了说话声。

虽然是意料之外的事态，但这件事对信浓产生了有利的影响。

因为远谷听见了声音，根据内容先入为主地认为"这有可能是凶手的声音"。

事实上，嫌疑人中有两名女性，而远谷又没怎么接触过佐佐木。他一是不熟悉佐佐木的声音，二是怎么听都觉得那句话带有杀意，由此更是助长了他的误判。

同时，信浓反复强调偶然出现的"凶手是女性"的可能性。

他这么做，想必是为了洗脱自己的嫌疑。

此时信浓还在坚持不懈地否认，可惜已经没有人听他说话了。诸冈可能想到了案发时的情况，黑着脸嘀咕道："然后，他杀死了佐佐木，又把远谷从床底下拖出来，连同工作人员专用的万能钥匙一块儿扔在了尸体旁边，直接离开了房间，是吗？这都是为了把罪名嫁祸给远谷？"

"此时，1103号房应该还没有被加工成密室。对于信浓先生而言，他只需要尸体别出现在自己的房间里，就万事大吉了。结束犯罪后，信浓先生为了确保得到尽量长时间的不在场证明，返回了十三楼的酒吧。"

说到这里，我看向深川。

"然后，深川女士返回房间，发现了里面的尸体。我说得对不对？"

深川紧紧抿着唇，一句话都不说。实在没办法，我只好继续道："你并非凶手，但是在发现尸体后没有联系酒店。不仅如此，你还把尸体转移到了别的房间……不过，我可以猜到深川女士这么做的理由。"

诸冈闻言，一脸困惑。

"信浓先生与深川女士不是共犯关系吧？既然如此，她又何必隐瞒有案件发生的事实呢？直接联系酒店不就好了。"

"理由其实很简单。她不想被卷进风波里。"

"风波？"

老板惊讶得破了音。我不禁苦笑。

"在自己的房间里发现了一具尸体，或多或少会将怀疑引到自己头上。她可以料想到，老板和我肯定会没完没了地向她打听情况，而她单纯地厌恶这件事。"

"那你还好意思住我的酒店？开玩笑！"

我能理解诸冈的愤慨。只不过，现在追究这个问题已经没有意义了。我决定继续讲解案情。

"普通人看到尸体会大吵大闹，但是阿缪莱特酒店的客人早已对尸体见怪不怪了。深川女士认为'丑事不可外扬'，毫不犹豫地把尸体和远谷扔进了其他房间。如果这样就能让她远离风波，那就再好不过了。"

我说话时，深川的表情渐渐缓和下来，多了些放弃的神色。于是我决定乘胜追击。

"你的房间才是真正的案发现场，里面很可能残留着佐佐木和远谷的毛发或体液等证据，再怎么隐瞒都是没用的。"

不知从何时起，她的视线集中在了我身上，像是要试探我。

"如果我说实话，你会放过我吗？"

"你向酒店隐瞒了发现尸体的事情，还遗弃尸体。虽然这么做触犯了本酒店的禁忌，不过这次我可以利用权限，不追究你的责任。"

被这句话吸引，深川开始讲述。

"基本上跟你推理的一样。我回到房间，发现卧室里躺着尸体，真的吓了一跳。而且旁边还躺着一个不认识的工作人员……我万万没想到，那竟是信浓干的。"

平日里恶毒的言语都不见了。信浓则铁青着脸保持沉默。我瞥了他一眼，继续询问。

"然后，深川女士不想被卷进风波，就利用远谷的万能钥匙，将他和尸体移动到了伊田女士所在的1102号房，对吗？"

"看见尸体最好的做法就是假装没看到啊。刚才也说了，我当时以为信浓一直待在1101号房，所以选了伊田女士的房间……她先前说要去十三楼的酒吧，肯定不在房间里。"

深川好像彻底放下了坚持，继续说明道："然后我觉得要给自己制造一些不在场证明，就随便叫了人，去二楼的意大利酒馆坐了一夜。"

这时我看了一眼诸冈，见老板微微颔首后，我开口道："深川女士可以回房间了。你已经洗清嫌疑，而且说出了所有我想知道的事情。"

她飞快地从沙发上站起来，走向房门。

"哦，还有。"

被我喊住时，一瞬间她脸上闪过了怯懦。

"……什么事？"

"在这里的所见所闻，不可外传。这是不追究责任的条件。"

深川点点头，逃也似的消失在了走廊上。

我突然听见一声轻笑，疑惑地看过去，却见是伊田掩着嘴偷笑。

"事已至此，我还是说实话比较好吧？"

"请你直说，我不会追究你遗弃尸体的责任。"

伊田皱起鼻子，说道："凌晨三点左右，我回到房间，发现一具尸体和一名工作人员躺在客厅的地板上，顿时觉得头痛不已。因为我知道，要是我住的房间里出现了尸体，肯定要耗费一整天时间配合你们调查。"

"于是你就利用万能钥匙，把尸体移动到了1101号房，对吗？"

"是的。用服务车制造密室的也是我。不过，其实只要不是我的房间，随便移动到哪里都一样。"

"……那你为什么选了我的房间？"信浓嘀咕道。

"跟你选择深川女士的房间行凶是一样的理由吧。方便移动尸体的房间只有离我最近的1103和1101。深川女士离开二楼餐厅时说的是回房，所以不能去……我便选了刚才还在一起喝酒的你的房间。因为我猜，你这酒疯子肯定整个晚上都不会离开酒吧一步。"

信浓看起来很绝望，再次陷入沉默。诸冈叼着香烟看着他，表情复杂。

"原来如此啊。尸体四处辗转，最后竟到了凶手的房间里。这就是因果循环，报应不爽吗？"

伊田交叠起睡袍下的双腿，又说道："保险起见，我给那位工作人员嗅了药，让他睡得更沉。因为工作需要，我身上随时带着好几种药，正好派上了用场。争取到时间后，我就把尸体和工作人员移动到了1101。"

"然后，你又用服务车制造了密室？"

伊田噘着嘴点了点头。

"我去布草间翻找能用的东西，正好看见那台推车了。"

接下来是大约十秒的沉默。

伊田还在用挑衅的目光看着我，像是在说："不是还有没解开的谜题吗？"

"我可以问个问题吗？我实在是想不明白，你为什么要把1101号房布置成密室。"

"哎哟，原来桐生侦探也有推理不出来的事情啊？"

"很遗憾，确实如此。如果只是为了嫁祸给远谷，那只需要把他和尸体放在同一间房内即可，没必要制造密室。"

她又盯着我看了一会儿，卖足了关子之后，才貌似厌倦地开口道："这算是想象力的问题吧。毕竟，就算我把尸体和工作人员搬到了别的房间，也不能保证事情就这么结了，不是吗？

万一那个房间的人也跟我有同样的想法,继续移动可怎么办?要是一来二去,他们又回到了我屋里,那可就太糟糕了。"

听到这里,我忍不住瞪大了眼睛。

"难道你制造密室是为了……不让人从外面轻易打开房门,逼得信浓先生只能联系酒店方?"

"没错。只要酒店的人一起发现了尸体,就不必担心那东西再回到我屋里来了。"

"原来如此……今后我会把这种可能性也考虑进去。"

伊田露出蛊惑的笑容,整理好散开的睡袍下摆站了起来,手上拿着空酒杯。

"我可以回房了吗?"

诸冈虽然苦着一张脸,但很快就点头了。见他点头,我露出了一丝笑容。

"还请你不要对外宣扬此事,这是不追究责任的条件。"

"放心吧,我很清楚你的做法。"

伊田唱歌似的说完这句话,消失在了走廊上。

我再次看向信浓。

"现在已经确定你就是凶手了,对于这个案子,你还有什么想说的吗?"

"……胡说八道!"

信浓气愤地站了起来,目光宛如被逼到绝路的野兽。我尽量用平淡的语气继续道:"如果你想认罪,现在就是最后的机会。能请你如实说出真相吗?"

信浓轻吸了一口气,迷茫地垂眼看向地毯。他脸上的表情,是拼命权衡该如何行动才对自己最有利的狡诈。

没过多久,信浓就得出了结论。他重新摆出进攻的姿态,瞪着我说："你给我滚出去。我不承认。你那些推理全是胡说八道！"

"哦，是吗……"

从经验上说，与我对峙过的犯罪者几乎都不承认自己的罪行。他们心中都认定，只要承认，一切就都完了。

而这次的案子，信浓的计划遭到深川和伊田的破坏，最后尸体竟回到了自己的房间里，可谓满盘皆输。此人心高气傲，想来绝不可能承认自己的失败。

"这简直是狡辩，胡说八道！"

信浓恶狠狠地说完，转头看向窗外。只不过，他的声音和背影，都完全掩饰不了内心剧烈的动摇。

时间还是早上，窗玻璃外盖着一层白纱——质地纤薄的蕾丝窗帘。外面的世界在大雨中显得灰暗阴沉。许是为了确保安全，路上的车大多开了车灯，在室内也能看见模糊的光。

我严肃地转过头，向诸冈发出无声的询问。老板面无表情地盯着信浓看了一会儿，然后抬起夹着香烟的右手，在脖子边比画了一下。

那个动作只有一个意思。

诸冈用行动催促着旁边的远谷离开了1101号房。他既没有通知信浓，也没有发出任何声音。信浓并未发现他们已经离开。

等到房门关上，我的视线才回到信浓身上。然后，我眯起眼睛，开了口。

"这就是你的回答？"

"没错。下次在酒店外面遇到我，你就做好心理准备吧。"

他的威胁带有杀意，而我对他的敬意已经完全消失了。嘲讽的笑容自然地浮现在唇边。这个男人既不敢承认自己做过的事情，也没有为此负责的胆量。

我从上衣内袋里取出一根细绳。这是杀害佐佐木的凶器，我从现场捡到的。

我将绳子的一端在左手上绕了几圈，留出八十厘米，将另一端缠在了右手上。因为戴着调查用的白色手套，绳子缠在手上不怎么痛。

最后，我用力扯了扯绳子，确定能够受力后，再次开口道："那么，这就是永别了？"

嘴里正咒骂着的男人猛地停下。也许是从我这个说话语气和措辞都很像男人的人口中听到了女性化的用词，不由得惊讶。还是说，又一次听见被自己亲手杀死的佐佐木曾经说过的话，他突然害怕起来了？

"你什么意——"

信浓的声音在颤抖。未等他回过头，我已飞快地用绳子勒住了他的脖颈。男人瞪大眼睛，后知后觉地抬手想要护住脖颈，却只是徒劳地拨动了蕾丝窗帘。

"你应该知道是什么意思。"

我在男人耳边低喃，手上的力道骤然加重。

信浓双手按着脖子，声音沙哑地说："你不是……酒店侦探吗……"

我继续加重力道，微微歪头，短发随之飘动。

"我全权负责处理酒店内发生的案件。如你所知，老板很讨厌浪费。与其聘用侦探和杀手两个人，当然是聘用一个擅长两种工作的人更划算。"

信浓挥舞着双手，却只撩起了我的制服领带。然后，便是徒劳的挣扎。

既然破坏了酒店的规矩,就要付出相应的代价。杀人者偿命,以眼还眼,以牙还牙。

这就是阿缪莱特酒店。

Episode 0 年度犯罪者颁奖典礼上的谋杀

别墅外面是无边无际的雪景。

今年的初雪比往年早了整整两个星期，汽车行驶的声音被大雪遮蔽，整座建筑沉浸在静谧中。

我坐在床上，手枪对准房门。

端起边桌上的波本酒一饮而尽……喉咙火辣辣的，灼烧着。然而，连酒精都无法缓解有人想取我性命带来的恐惧。

突然，有什么东西撞到了门板上。

我扔下酒杯，开始疯狂扣动扳机。不一会儿，我丢下子弹打空的手枪，伸手在床下摸索……指尖触碰到了一把霰弹枪。

这是一把锯短了枪管、能在近距离爆发出极大杀伤力的霰弹枪。可是，就算拿着这把枪，在面对"杀手艾瑞波斯"的时候，也还是心里发慌。

我战战兢兢地走向房门，推开了已经被打成蜂窝的门板。

走廊上没有人。

看见橡木地板上有血迹，我倒吸了一口气。接着，我听着自己牙齿打架的声音，拿出了无线对讲机。

"糟了，艾瑞波斯……进来了！"

无人应答。我觉得浑身的血液瞬间凉透了。

……别墅的前门和后门一共安排了八个人看守。

刚才我开了好几枪吧？为什么没有人听见枪声过来查看情况？难道那些看守已经全被艾瑞波斯解决了？

我背叛了道家。

道家是一名犯罪策划师，这四十年来构筑起了庞大的影响力。他不是"安乐椅侦探"，而是"安乐椅罪犯"，几乎不会亲自前往犯罪一线。道家制订的犯罪计划，从来都是由他自己雇的人，或是别的犯罪团伙负责执行。

道家手底下全都是其他犯罪者无法应付的案件，而他会为了自己，或者为了完成其他犯罪者的委托，策划出将不可能变为可能、堪称艺术的犯罪计划。

曾经我把他视作恩人，而现在，道家卧病在床，被死亡的阴影笼罩……所以我草率地认为，他会因为病痛而无法察觉我的背叛。

然而，那老头儿果真不是善茬。

我的背叛被轻而易举地识破，我只能匆匆忙忙地躲藏起来。因为我知道，道家那老头儿一定会派艾瑞波斯来杀我。

……艾瑞波斯是个杀手，无人知晓其真实面目。

此人只接号称不可能完成的委托，并且每一次都能成功完成。艾瑞波斯总是毫无征兆地自黑暗中出现，不知不觉间，现场就只剩下目标的尸体了。当然，见过此人长相的人无一生还。

我根本不可能是这个人的对手……到了千钧一发之际，能依靠的只有我自己。所以，我逃进了这座别墅。

这里是我的安全屋，是我最后的堡垒。

自从两个星期前决定背叛道家，我就做好了最坏的准备。

我做的第一件事，就是把这座别墅改造成了坚不可摧的安全屋。

增加警备人数，加倍安装传感器和监控摄像头，还在库房里储备了足够支撑半年的食品和日用品……这些都是为了打长期防守战做的准备。

道家病入膏肓,再有几个月就会死亡。

只要那老头儿死了,犯罪界的势力就会大洗牌。届时,我就不再需要害怕什么了。我只要在这座安全的堡垒中打发掉剩下的时间……本来,应该是这样的。

我咬紧牙关,盯着走廊上的血迹。

卧室门前有一摊血,连着通往走廊深处的一串血点。血点的间距很有规则,一直通到走廊尽头的洗手间。

我端起霰弹枪,小心翼翼地朝洗手间走去。

"艾瑞波斯,你躲起来也没用。"

洗手间用的是普通家庭常见的外开木门。有了这把改造过的霰弹枪,只需一枪就能把门打得粉碎,要解决躲在里面的人肯定也轻而易举。

……然而,这些血迹显然是圈套。

下一个瞬间,我猛地掉转身体,把枪口指向洗手间的反方向。果然,一个人影悄无声息地出现在了我身后。

看见对方面容的瞬间,我惊呆了。

"你是桐生?道家的秘书……"

我的眼前,站着一个身材纤细的女子。

在道家身边时,她总是穿长裤配西装,散发着资深官员的气场。今天的她则是一身黑色劲装,像个军人。因为服装不同,桐生看起来像是变了个人。但不知为何,她那身装备有点发白,像是蒙了尘。

桐生扔掉手枪,双手交叉放在脑后。

"……好久不见啊,佐东?"

听见她大大咧咧地说出我的名字,我忍不住笑了。

"骗人的吧，那个无所不能的杀手，竟然是看起来这么柔弱的秘书？"

"你才是，竟然反水跟了明石，怎么会这么蠢呢。"

我的表情顿时扭曲了。

确实，明石在犯罪界是个臭名昭著、不值得信任的人。不过他跟道家不同，给钱很大方，至少大方到了让我决心背叛卧病在床的恩人。

桐生注视着走廊上的血迹，叹了口气说："你怎么知道这些血是伪装？"

"因为血迹分布太规则了。如果你真的逃进了洗手间，在打开外开的房门时肯定要停顿一下。那么，门口的血迹应该比其他地方更多……"

说着，我猛地扣动了霰弹枪的扳机。

我本来就没打算解释到最后，只是想让对方分心，趁机开枪而已。

下一个瞬间，我向后倒去。

心窝处沁出一片红色，并且范围迅速扩大。我试图发出惨叫，但却从胸腔深处涌出混合着血液的咳嗽。

……这时我才意识到，胸口中枪了。

桐生低头看着我，目光中带着怜悯。她右手握着一把手枪。看来除了刚才丢开的那把枪，她还在后腰或后颈处藏了枪。

她低声说："败因有二。"

"败……因？"

"第一，佐东你沉浸在自己的推理中，放弃了思考。第二，你没有想过我是怎么进来的。"

我本应因失血过多而意识模糊，可是为什么？我竟觉得此时头脑比任何时候都要清晰。

两周前,我强化了别墅的警备设施,增设了监控摄像头和传感器,把这里打造成了坚不可摧的堡垒。直到今天,一直有八个人在外面站岗。

即便是艾瑞波斯这般优秀的杀手,要悄无声息的潜入,恐怕也难于登天。

……那么,答案只有一个。

也许是察觉到了我的想法,桐生露出微笑。

"没错,在你完成别墅的警备强化之前,我已经进来了。道家老爷子对背叛特别敏感,而他的感觉从来没有出错过。"

所以,到底是我背叛在先,还是道家舍弃我在先?

在我与明石接触,逐渐巩固背叛的决心时,道家也慢慢确定了我的背叛,并先下手为强,派出了艾瑞波斯。

桐生继续道:"佐东你胆子小,疑心重,只要稍微施加一点压力,就会被吓跑。而且,你既不会投奔明石,也不会寻求第三方势力的保护……因为你的性格如此,害怕他们会背叛你。想要猜透你的行为,真是再简单不过了。"

没错,正因为我觉得到了千钧一发之际,只有自己能保护自己,才会躲进这座安全屋。

"既然已知目标人物必定会进入这座巢穴,作为一名合格的猎人,自然会选择守株待兔,不是吗?"

她身上的衣服发白,可能是因为一直躲在别墅天花板上的通风管道里。原来她已经在里面待了整整两个星期,只等我到来吗?

……既然如此,霰弹枪会失灵也就不奇怪了。

刚才没问题的那把手枪是我从外面带进别墅的,而这把霰弹枪，则一直放在卧室里。

藏身在别墅里的桐生有足够的时间，在躲过巡视的同时将这里的武器一件一件无效化。

她竟然为了杀我，在狭窄得无法转身的地方藏了整整两周，这简直是最笨的办法。面不改色地执行了这个办法的桐生就是个疯子……被她用这个办法算计的我也真够惨的。

桐生收起手枪，继续道："这里有八个人，防备着外来人的入侵。但他们好像没想到会被从内部瓦解，所以我轻轻松松就解决了他们。"

我死死盯着只能看出模糊轮廓的桐生。

"还有几个月……一切就……改变了……"

回应我的只有沉默。我似乎感觉到，这句话让眼前的杀手产生了动摇。

我死守在这里，盼望着道家的死讯。

那个男人的死对我而言就意味着"生命与成功"。与之相对，道家的死对于既是秘书又是杀手，深受道家庇护的桐生而言，难道不就意味着"死亡与破灭"吗？

我想象着她即将面对的悲惨未来，闭上了眼。

*

佐东在死前笑了，仿佛看到了我无望的未来。

也许他的梦变成了现实，因为在佐东死亡仅仅两天后，我就站在了毁灭的边缘。

地点是阿缪莱特酒店分馆三楼的宴会厅。

我站在台子上，被黑洞洞的枪口指着。

拿枪的人是水田，阿缪莱特酒店的前台。

他手上的是贝雷塔 M92F 手枪，是我熟悉且爱用的款式。水田的动作没有一丝冗余。这个戴眼镜的前台很危险，我的本能疯狂地敲响警钟。

在他身后一步远的地方注视着我的，是这家酒店的老板诸冈。

他捻着和肯德基爷爷一样的胡须，发出的声音却无比冰冷。

"阿缪莱特酒店是专为犯罪者存在的特殊场所。既然来了我的酒店，就得遵守两个规矩。

"一、不破坏酒店。

"二、不在酒店范围内伤人害命。

"桐生女士，规矩只有两条，你却没有遵守……或者，我应该称呼你杀手艾瑞波斯？"

我看向躺在舞台上的尸体。

刚才还在进行心肺复苏的酒店专属医生已经是一副筋疲力尽的模样。他收拾着扔在地上的沾满血的医用手套，不时用谴责的阴沉目光看向我。

"不对，不是我杀的……我被陷害了。"

唉，说这些话多没有意义啊。

身为杀手，从我口中说出这样的话，肯定没有人会相信。何况，这次的现场情况还提示了"有机会行凶的只有我"。

这时，老板诸冈冲水田比画了一个很不吉利的动作。前台收到暗示，对我咧嘴一笑。

"具体情况我们换个地方聊吧。请跟我来。"

好敷衍的谎言……

如果就这么离开宴会厅，我就必须为破坏阿缪莱特酒店、杀害犯罪界要员的事情付出代价。当然，那个代价就是生命。

＊

"……道家先生去世了。"

在我离开佐东的安全屋,时隔两周终于吃上便携干粮以外的东西后,得知了这个消息。

打电话的人,是道家聘请的律师药师寺。

到昨天早上为止,道家的精神还很好,乐呵呵地玩着填字游戏。但中午时病情突然恶化,出现了癌症末期引发的多脏器衰竭。医生用尽了救命的措施都徒劳无功,他最终在一个小时前咽了气。

我把没吃完的本地汉堡扔进了垃圾桶。

我知道这个时刻迟早会来临,只是没想到会来得这么快、这么突然。

……我最后一次跟道家说话,是在半个月前。

他把我叫到病床前,给了两个任务。

一个是暗杀佐东,另一个则不是杀人。这还是道家老爷子第一次给艾瑞波斯派不用杀人的任务。

当时发生了很多前所未有的事情,让我甚是困惑。因为平时连定金都不舍得给的道家,那天竟然预先支付了所有任务的酬劳。

老爷子虽然总是笑着说:"我还没到见阎王的时候呢。"但他直觉这么灵,肯定早就感觉到自己的生命之火随时都会熄灭了。

他给我的两个任务中,暗杀佐东的任务完成了。可是现在,我已经失去了汇报对象。

停车场外面是一片银白色的世界。

前往佐东的安全屋时,树上还残留着几片红叶,像是秋天最后的气息。如今两周过去了,我周围的世界已改头换面。

山上吹下来的北风格外冰冷刺骨。

正要发动引擎时,手机又响了。

"他终于死了吗?"

先不说一上来就听到如此过分的话,更让我惊讶的,还是打电话的人。

"你是……桂?"

电话那边传来上了年纪的女性特有的沙哑笑声。

"我能理解你的警惕,毕竟我跟道家做了几十年的死对头。"

桂是国内最大的盗窃团伙的首领。

听说她刚入行时是个盗窃高手,如今已经不再亲自出马,而是转到幕后专门制订犯罪计划。她应该算是在犯罪策划这个行当上与道家分庭抗礼的竞争对手吧。

"道家已死,你恐怕正发愁无人庇护吧。既然如此,跟我说说话也不会有什么损失,不是吗?"

有道理。

以前几乎没有人在明面上跟道家对着干,那是因为大家都害怕他。我也得以在他的保护伞下安然地生活。

然而,一旦道家的死讯传出去,以前那些被他压制的人就会同时行动起来。

道家这十年来所做的事情,我都作为秘书深入地参与其中。痛恨道家的人迟早会想要解决我。

……为了活下去,我需要一把新的保护伞。

桂似乎看透了我的心思,继续说道:"后天在阿缪莱特酒店将举行年度犯罪者的颁奖典礼。桐生女士,你作为已故的道家的代理人,会去参加吧?"

年度犯罪者,正如其名,是颁发给年度最佳犯罪者的荣誉奖项。道家生前作为犯罪界的重量级人物,一直是该奖项的评选委员之一。

我不禁苦笑起来。

"我是准备出席。当然也有很多人认为,区区一个秘书代替道家出席,实在是不太配。"

犯罪界经常发生意料之外的死亡。因此,在评选委员或是获奖者不幸死亡时,可以由代理人出席。

话虽如此,代理人一般都是颇有成就的人。

若以我的杀手身份出席倒也罢了,但身为秘书,我向来是作为道家的影子出席,基本上没有个人成就。这种情况下,就算不允许我来代理也毫不奇怪……但我听说道家生前就预料到自己会遭遇不幸,不顾众人反对,强行定下了我这个代理人。

"这是个好机会啊。我也是颁奖典礼的评选委员,去酒店见面了再聊吧。再说,我正好想请艾瑞波斯接个任务。"

听到这句话,我忍不住倒吸一口气。电话那头似乎也感觉到了我的动摇,桂的声音里多了几分玩味。

"其实只要稍微想一想,就能猜到桐生女士是艾瑞波斯了。因为艾瑞波斯干活的时候,你总是号称出差或身体不舒服,从道家身边消失。"

"那只是巧合。"

"呵呵,我之前听说逃之夭夭的佐东是艾瑞波斯的下一个目标。而正好在这个时候,桐生女士连着两个星期没有回家……你应该解决完佐东了吧?那么,后天在阿缪莱特酒店见。"

*

五岁那年，我被道家捡了回去。

关于父母我几乎没有记忆，只依稀记得两张模糊的笑脸……不过，这笑脸也可能是耐不住寂寞的孩子制造出的幻想。

要说我和道家的共通之处，那就只有孤独。

道家在策划犯罪和与其他犯罪者交涉时都是孤身一人。可以说，他仅凭借自己的头脑和才干，存活于这个世界。

他没有家人，也不喜欢养手下。在犯罪界可谓独一份的存在。

……为什么，道家老爷子要收养我这样的小孩呢？

只是单纯的心血来潮，还是从见面的那个瞬间起，他就想把我培养成供他使唤的杀手？

道家是个难以捉摸的人。

我每次过生日，他都会带着大蛋糕和小山一样的礼物回来。

我从来没有告诉过他自己想要什么，可是在打开礼物的包装时，总能看见心里想要的东西。我感觉被他看透了，幼小的心灵不知道该感到恐惧还是高兴。

他笑着看我吃蛋糕时，好像并没有别样的心思。

可是……他也会在第二天，面不改色地把我逼上绝路。有时我觉得他只把我当成一颗可以随时舍弃的棋子，但是当我得了小感冒时，他又会十分夸张地抱着我冲进儿科诊室。

我开始以杀手艾瑞波斯的身份活动后，道家也会故意隐瞒任务的真实目的，像是想看看我能否在执行任务的过程中自主发现。

有几次因为事先得到的情报不完整，我差点死掉了。

对我来说，道家老爷子……

*

"其实我一直觉得奇怪，你为什么没有早早离开道家呢？"桂倒了一杯红茶，这样问道。

这里是阿缪莱特酒店分馆的套房，当然不是我的房间，而是桂的房间。

工作人员送来的红茶香气扑鼻，茶叶和茶具都是最高级的。见我笨拙地捧着形状过分优美的茶杯，桂露出了微笑。

"别担心。艾瑞波斯就是桐生女士这件事，我没有告诉任何人，今后也不准备说。"

对此，我并不怎么担心。

我之所以坐立不安，是因为身上的衣服。

我穿着一身紫色的缎面连衣裙，脚上套着从未穿过的超高高跟鞋，中长发挽成了漂亮的发髻。然而，鞋子、发饰、一身的装束……都让我觉得行动困难。

而桂身穿一件红色露背连衣裙，脖子上戴着闪亮的蓝宝石项链，手上戴着长及手肘的丝质黑手套。富有光泽的漆黑长发非常美丽。

她已经六十多岁了，但无论怎么看，都像最多四十几岁的人。配上这身高雅的打扮，她看起来完全不像一名犯罪者，更像是一位贵妇。

我们之所以这样打扮，是为了两个小时后的年度犯罪者颁奖典礼。

既然我作为评选委员的代理人参加这场活动，就必须穿上符合场合的服装。换作平时，无论什么聚会，我都只穿长裤西装……

虽然我很想问，一群罪犯聚会还要讲究什么礼数，但业界对这方面确实格外讲究。

桂目不转睛地看着我，然后开口道："艾瑞波斯曾经获得年度犯罪者的提名，想必没有人不知其大名。不过，你作为秘书，却丝毫不起眼呢。你想以秘书的身份跳槽恐怕并不容易，即便如此，在陷入眼下的困境之前，你完全有机会找到新的保护伞吧。"

新的，保护伞？

她的话让我想起了面对道家遗体时的光景。

前天我刚回到东京，就被药师寺律师找到了。

他一直等在我租的公寓门前，把我吓了一跳。这个有点不按常理出牌的律师现年三十多岁，从金发到西装无不让人联想到牛郎。

药师寺保管着道家的遗嘱，直接带我去了道家住院的医院，他说这是故人的要求。

结果，道家只留给我了一笔数目不大的钱，还有他珍藏的两屋子桌游……我又不喜欢玩桌游，给我这么多干什么呢？

死去的道家比我最后一次见他时更瘦了。

这让我清楚地意识到他的身体已经被病魔摧残成了什么样子。加上最后这一个月，他饭量骤减，更是瘦得只剩下皮包骨头了。他胳膊上打吊针的痕迹，还有靠近心脏的静脉曾插入导管输营养液的痕迹，一切都让人无比痛心。

我轻抚了一下道家的胸口。那里已经没有心跳，也没有温度，只有无情的死亡。

当时我没有哭，今后可能也不会哭。

到头来，道家老爷子为什么给艾瑞波斯下了一个不杀人的任务？在他无法出现时，代替他参加年度犯罪者颁奖典礼——这项任务不应该交给艾瑞波斯，而应该交给身为秘书的我吧。

我把回忆放到一边，迎上桂的目光，开口道："我只是……不喜欢在工作上半途而废。"

"哦，是吗？"

桂露出了半信半疑的表情。

"道家老爷子很狡猾，他知道我什么性格，所以即使病入膏肓，也没有让我断了任务。"

桂发出了低沉的笑声。

"原来如此。他就是这样把艾瑞波斯束缚在身边的啊。"

"结果，我就错过了背叛的时机……"

"既然如此，那你就跟着我吧。只要你愿意接我的任务，今后我就护你周全。"

我眼前的这个人，是全国最大的盗窃团伙的首领。

加入她的麾下，应该能得到比以前更稳固的地位。对我来说，这提议求之不得。

"……桂女士想要谁死？"

"明石。"

从某种意义上说，这个回答毫不意外。

接近佐东，让他背叛了道家的元凶……明石这个人的风评真的很差。

他以策划的身份管理着好几个犯罪组织，这半年来跟道家和桂都发生过冲突，引来多方记恨。

桂闭上眼睛,用戴着黑手套的中指点了点太阳穴。

"三个月前,我们保存赃物的仓库遇袭了。不用说,就是明石干的。我的损失超过十亿日元,但如果只是金钱上的损失,也就算了。"

桂瞪大了茶褐色的眼睛,眸子里闪着怒火。

"那个人贪得无厌,把我仓库里的十二个手下都杀了,还包括手无寸铁的文员……用的还是在饮料里下毒这种极其卑劣的手段!"

我的表情不受控制地扭曲了。

虽然这是个互相欺骗、互相掠夺的世界,但明石的犯罪行为超出了底线,变得不择手段了。

道家这边虽然没有人员损失,但也有不少金钱损失。

不,之所以没有人员损失,是因为明石未能成功。那人先后派了三名杀手来要道家的命,全都被我反杀了。

不仅如此,这一个月来,明石像是不要命了似的,不停地攻击其他的犯罪团伙,只求快钱。

桂咬着牙说道:"如果这种事情继续下去……整个犯罪界都有可能崩溃。"

道家生前也有同样的担忧。

我恍然间仿佛看见死者的遗志通过桂传达到了我的耳边,不由得陷入沉默。而桂继续说道:"我也请过几次杀手,试图除掉明石,但每一次都失败了。"

"从某种意义上说,那个男人是个终极家里蹲……"

半年前,明石在家中设置了一个用核庇护所改造的房间,从那以后就一直窝在里面,所有工作都远程安排,几乎再也没有走出过家门。

他家的警备级别堪比白宫,如果不动用坦克,不可能硬闯进去。另外,他还把身边伺候他的人数减少到了最低限度,很难从外部插入间谍。"

"不过明石今天还是会出席颁奖典礼的,对吧?"我反问道。

桂点了点头。

"是的,因为他也是评选委员。"

这五年来,年度犯罪者的评选委员一直是道家、桂和明石。其间,明石从未缺席过颁奖典礼,而只要本人还活着,就不允许派代理出席。

我瞥了一眼房间里的时钟。

"那明石应该快到了。"

"我手下的人刚才汇报说,他已经进休息室了……如果可以,我恨不得亲手勒死那个男人。"

桂紧紧攥着拳,眼中充满憎恨和杀意。见她这样,我叹了口气。

"请原谅我打扰你的雅兴……不过,就算我接了你的任务,也不能现在就杀了他。因为我们都在阿缪莱特酒店,如你所知,酒店内严禁杀戮。"

这个酒店对犯罪者来说,是一处安全地带。

而阿缪莱特酒店的分馆更是一个特殊场所,如果没有会员资格,别说住宿了,就连进入都不行。而有会员资格的人,只要支付相应的代价,就能得到酒店的各种服务,一切需求都会被满足。

一、不破坏酒店。

二、不在酒店范围内伤人害命。

平时一直窝在核庇护所里的明石之所以会来参加颁奖典礼，必然是因为酒店有这两条特殊的规矩。

连道家都不敢与阿缪莱特酒店为敌，他无数次对我强调"绝对不要在酒店里干活"。而现在的我，也不打算破坏规矩。

意外的是，桂听了我的话，竟然满意地笑了。

"能听你说出这句话，我很高兴。这家酒店的规矩，我们当然要遵守。"

"另外，做任务需要事前调查，这个很花时间。"

"放心吧，想在什么时候执行，是你的自由。"

桂无论在什么方面都跟道家截然相反。

那老爷子信奉"极限是用来打破的"，所以越困难的任务，他设定的期限就越短。他就爱这样笑眯眯地把我逼上绝境。

"哦……你真善解人意啊。"

"毕竟能杀掉明石的人，除了艾瑞波斯之外不作他想。"

"很难说啊……如你所见，我个子这么小，在体格方面不占优势，在战斗方面也不算最优秀的。"

桂眯起眼，笑了起来。

"但是，你有道家亲自培养的洞察力和推理能力。"

"推理能力啊……"

"桐生女士的长处，在于能看透目标人物的性格和习惯，运用逻辑，预测对方接下来的行动。再利用目标人物自身的行动将其导向死亡……这不就是你的工作方式吗？"

没错，这是道家从小培养我具备的能力。

如果对方有短处，那就思考如何让短处变成致命的弱点。如果有长处，那就想办法令其变为弱点。

"呵呵，纵观整个业界，也只有桐生女士能这样杀人了。"

说着，桂拿出一个大约五厘米高的塑料药瓶，扔给了我。那是一个旋盖式的小药瓶。

我用右手接过，看了一眼标签。

"改性乌头碱？"

乌头碱是从附子中提取出的毒性成分，人尽皆知。附子自古就被用作狩猎时涂抹在箭头上的毒药，至今还是最具代表性的毒草。

我手上的这瓶毒药，是改良版乌头碱，毒性与原版相同，但是致死量低于十毫克，且没有解药。它也是犯罪界人气最高的毒药。

桂点了点头。

"这是我刚通过客房服务买来的。顺带一提，明石就是用这种毒药杀了我的手下。"

只需一通电话，就能买到枪械甚至毒药，并直接送到客房门口。这是犯罪者专属的、阿缪莱特酒店独一份的服务。

我注视着这个装有白色粉末的药瓶，眯起一只眼。

"你要我用这个杀了明石？"

"没错。"

在犯罪界，每天都有人在研究毒杀的方法。

我认识一个擅长伪造各种东西，手法完美得堪称艺术的人。如果找那个人帮忙，制作一些看起来像是未开封的掺毒饮料，也许能相对简单地杀死明石。

可是下一个瞬间，我把药瓶扔了回去。

桂用双手接住了。

"你不喜欢吗？那我叫人去找别的药。我记得今天推荐的是跟乌头碱同样有名的筒箭毒碱……"

我站起来,摇了摇头。

"不好意思,我不喜欢用毒。我会自行决定暗杀方式,请你知悉。"

*

两个半小时后……明石突然吐血倒地。

阿缪莱特酒店的宴会厅一片哗然。

那是当然。毕竟年度犯罪者颁奖典礼刚进行到一半,突然有一位评选委员倒地打滚啊。

明石手上的方杯掉落在他前方一米远的地上,里面的紫黑色液体洒了一地。

我困惑不已,站了起来。

……我还什么都没做呢。这是突发恶疾,还是另有人下毒了?

明石在犯罪界遍地都是仇家,有别的杀手接了暗杀他的任务也不足为奇。是某个杀手不顾后果地打破了阿缪莱特酒店的禁忌,还是……

此时,跟明石一起坐在台上的,只有三个人。

我和同为评选委员的桂在舞台左侧,右侧则是今年的获奖者——蒙面诈骗师乌提斯。

蒙面诈骗师,正如其名,在人前此人始终戴着鸟喙形状的瘟疫面具,披着灰色斗篷。而且总是一言不发,只用滑稽的手势和素描本进行交流。从某种意义上说,此人算是犯罪界的"搞笑人物"。

此人的名称来自奥德修斯在独眼巨人岛上自称的名字"乌

提斯（无人）"。没有人知道其真名、性别和真实长相，是个谜一样的人物。

此人的诈骗方式非常异想天开，但是其新颖性，以及额外设计了外星人生态的计划缜密性，还有从目标人物手中骗走了超过十亿日元的高超能力，无不符合年度犯罪者的获奖标准。

乌提斯站起来，穿过舞台，试图走向口吐鲜血、浑身痉挛的明石。突然，他被一个声音喝止了。

"停下。请你不要触碰明石先生的身体！本酒店的专属医生马上就会赶来。"

说话的人，是酒店前台水田。

乌提斯想用手势交流，但很快就放弃了，摇着头回到舞台右侧的座位上。

紧接着，水田就领着一个身穿燕尾服的男人走上了舞台。

"麻烦你了，医生。"

那个被称为医生的男人取出了医用手套。

他看起来五十岁左右，染着斑驳的金发，戴一副硕大的黑框眼镜，给人一种疯狂科学家的印象。

"怎么又有急诊……今天好多啊。"酒店专属医生戴好了手套，低声喃喃道。

"这么说来……在颁奖典礼正式开始前，我去宴会厅外面透了一会儿气，正好看见一个穿着酒店制服的女人被同事们搀扶着走向后门。"

那名女性员工脸色煞白，像是流失了大量血液，但除了左手的手指缠着绷带，倒也看不出有什么伤口。我猜，她应该是突然觉得身体不舒服，被送去医院了。

酒店医生只看了一眼面色通红、身体不断痉挛的明石，就明白了事态的严重性。

"糟糕，赶紧联系医院调救护车！还有，叫人把医务室里的急救工具拿过来。"

他一边发出指令，一边把手插进明石满是鲜血的口中，查看呕吐物和血块是否堵塞了气管。接着，他摘掉满是鲜血的丁腈手套，立刻做起了心肺复苏。

与此同时，酒店老板拿起麦克风，开始引导客人离开。

……宴会厅里聚集了一百五十多位宾客。

几乎每一个人都穿着燕尾服或礼服裙。单看他们的外表，一般人恐怕会觉得这里正在举行权威性学术奖项或文学奖项的颁奖典礼。可事实上，这些人都是犯罪界的大鳄。

老板诸冈似乎早已习惯了应付性格刁钻的人，他以惊人的从容态度把来宾们引导去了隔壁的派对会场。

"这究竟是……怎么回事？"

桂喃喃着，跌坐在椅子上。

然后，她用颤抖的手拿起挂在椅背上的小型派对包，取出手帕按住嘴角。

其间，明石像是在嘲笑酒店医生的急救措施，状况还在不断恶化。身体的痉挛变成了间歇性的，面部因为呼吸困难而开始发绀。

"见鬼，救护车还没来吗！"

酒店医生绝望的声音响彻宴会厅。

不一会儿，工作人员从医务室带来了能做正规人工呼吸的袋阀面罩，只可惜，一切都晚了。

明石已经停止了呼吸。

在明石出现状况之前，颁奖典礼一直在顺利进行。

典礼的最后一个流程，是每年例行的"仪式"。

说是仪式，其实不算多么大阵仗的事情。具体就是评选委员和获奖者会用同一只有狮子浮雕的方杯共饮，祈祷犯罪业界的进一步发展，最后获奖者将喝完的杯子带走，仅此而已。

这只方杯一直作为颁给年度犯罪者的附加奖品的一部分，纯金打造，杯身下部有华丽的带翼狮子浮雕。

共饮从评选委员中座位最靠左的桂开始。

她接过方杯，双手捧起，啜饮了一口山葡萄酒。随后她拿起白色绢帕擦拭嘴唇，动作一如往常的优雅。此人已经当了很多年的评选委员，整套动作做得无比娴熟。

桂说完一番祝福的话，把方杯传递给我。

纯金的方杯重量不轻，不过，我作为杀手从不懈怠锻炼，这点重量算不了什么。

山葡萄酒有一股野性的味道，比我想象的还要浓郁三倍。酸味和涩度都比普通葡萄酒更强，有一种包裹着舌头萦绕不散的锋利感。

我念出了道家提前留下的祝福语……把方杯传递给明石。

明石是个五十多岁的男人。

他的眼睛像头发丝一样细，嘴边到下巴覆盖着铁丝般坚硬的胡髭。许是因为最近一直闭门不出，见不到阳光，他的脸苍白得如同吸血鬼。

然后，明石喝下山葡萄酒，开始发表冗长的祝福语，刚说到一半就倒下了。他就那么猛地喷出一口血，把方杯往前一扔，骤然倒地。

我惊呆了，却只能注视着在地上痉挛的明石，什么都做不了。

　　……很快，酒店医生宣告了明石的死亡。

　　我已经目睹过无数人死亡，就算不凑过去看，也知道医生的判断没有错。明石的呼吸和心跳都已经完全停止了。

　　我怀着做噩梦一般的心情，坐在自己的座位上。

　　放在椅子上的派对包硌得后背有点痛。不过，那尖锐的痛感也在告诉我，这一切都不是梦。

　　宴会厅陷入了一片死寂。

　　宾客早已被转移，如今留在现场的只有桂、我、乌提斯，然后是酒店医生、水田和老板诸冈，一共六个人。刚才还在附近晃悠的其他酒店工作人员，也都不见了踪影。

　　戴着瘟疫面具的乌提斯奋力挥动双手，高高举起素描本。

　　上面有几个圆溜溜的字。

　　"死因是什么？"

　　酒店医生瞥了一眼素描本，找出新的丁腈手套戴上，然后开始检查尸体的双眼和口腔。

　　"首先，死者整条舌头都有紫色的色素沉淀，这与其说是毒药的影响，更像是山葡萄的多酚染色吧。"

　　他掰开明石的嘴巴，好让所有人都能看见。满是鲜血的舌头露了出来，果然如他所说，被染成了紫色。

　　水田轮流看着我和桂，开口道："从舌头的颜色来看，可以确定明石先生确实喝下了山葡萄酒……恕我失礼，请问，桂女士和桐生女士能展示一下舌头吗？"

　　我和桂都吐出了舌头。

　　我看不见自己的舌头，不过桂的舌头也变成了紫色。刚才我同样喝下了山葡萄酒，舌头上应该也附着了紫色色素才对。

酒店医生点点头，继续道："嗯，桂女士和桐生女士也的确都喝了山葡萄酒……除此之外，明石先生的舌头上有一道很大的伤口。"

如他所说，明石的舌头上残留着牙印，还有出血的迹象。诸冈见状，瞪大了眼睛。

"所以他刚才吐血是因为……？"

"很可能是咬伤舌头后涌出的血，我猜应该是在痉挛时咬伤了舌头。所以……明石先生的主要症状，是痉挛和略迟一些出现的呼吸困难。"

酒店医生比画着在空气中打算盘的动作，继续道："极有可能是改性乌头碱中毒。不过我还要给死者做一次血检才能确定。"

曾经，明石用这种毒药杀了桂的手下，而桂在不久前找到我，希望我用同样的毒药杀死明石。这虽然是犯罪界常用的毒药，但明石被改性乌头碱毒死……还是只能说因果循环，报应不爽啊。

我听见水田黑着脸喃喃道："怎么又是谋杀……"

不管怎么说，发生在阿缪莱特酒店内部的案件，都不会报警处理。

犯罪界有个规矩，凡是发生在业界内部的案子，包括痕迹在内，都要秘密处理掉。

接下来，酒店肯定会调查这起毒杀案。等到调查结束，明石的尸体和案件相关证据都会被超高温焚毁，不留一点痕迹……如文字所示，这个案子会在顷刻之间被彻底抹掉，不留下任何痕迹。

诸冈的声音里夹带着愤怒，像野兽的低吼。

"在我的酒店里杀人，我绝不姑息。凶手触犯了最高禁忌，必须尽快解决……"

乌提斯又一次挥舞起素描本。

"毒下在什么地方了？"

同样圆溜溜的文字，连举着素描本的动作都那么滑稽。然而，文字的内容却十分合理。

水田平淡地回答道："颁奖典礼开始前，明石先生吃喝过的东西被下了毒的可能性也并非为零。不过，从时机上考虑，我认为他倒下前喝的山葡萄酒最可疑。"

诸冈点了点头。

"同感。毕竟刚才干杯用的黑啤是未开封的。"

听到这句话，我不禁看向放置酒水的桌子。

桌上有两个盛香槟的酒杯，还有一瓶黑啤。前者是我和桂用过的，后者则是明石用过的。

……黑啤？

异样感让我蹙起了眉。

酒店方准备了四种干杯用的酒水，分别是香槟、红酒、生啤和乌龙茶。受邀宾客可以从四种酒水中挑选自己喜欢的种类。

可是，给明石准备的却是不在酒店酒水单上的黑啤。

再回想去年和前年，干杯时明石似乎都是全场唯一直接拿着瓶子的人……也就是说，他本人亲自向酒店方提出要一瓶黑啤吗？

那瓶黑啤是比较畅销的品牌，我也在阿缪莱特酒店的酒吧里喝过。老实说，我不喜欢那种酒的味道，并不觉得有单独要一瓶的价值。

这时，酒店医生慢悠悠地插嘴道："总之先做个简单的毒性测试吧？"

他让水田把放在宴会厅角落里的一个手掌大小的金鱼缸搬到了舞台上。里面有三条突眼金鱼。

那东西乍一看只是宴会厅的装饰物，但是金鱼缸的不远处还有一只关在笼中的金丝雀，可见这些并非单纯的装饰，很可能是为了迅速检测室内是否出现毒气的道具。

出问题的方杯掉落在明石的尸体前方大约一米远的地方，里面的酒水则被泼到了更远处，完全没有落到尸体上。

水田正要伸手去捡酒杯，却被酒店医生叫住了。

"现在还没确定毒药的种类，保险起见，最好不要碰到酒水。"

水田小心翼翼地捡起狮子浮雕的方杯，将里面残留的酒水倒进了金鱼缸。

……突眼金鱼瞬间全灭，漂在了水面上。

酒店医生见状，点了几下头，然后宣称："嗯，可以肯定被下毒的就是山葡萄酒。"

我只觉得胃里一阵冰凉。

怪了。我喝酒的时候里面应该还没有毒，否则我怎么可能还活着呢。

我的确是……把无毒状态的酒传递给了明石。

然后直到明石喝下酒，我和同样在舞台上的桂与乌提斯都没有机会触碰方杯。

……所以，这是怎么回事？

回过神时，水田已经站在了我身旁。

"这下很清楚了吧。有机会往狮子方杯里下毒的人，只有在那之前接触过酒杯的桐生女士。"

他的语气依旧彬彬有礼，手中却多了一把贝雷塔M92F，枪口状似不经意地对准了我的太阳穴。

我急得话都说不顺了。

"不对，我……"

"既然如此，那请问这是什么？"

一个不容置疑的声音响起，我回过头去，发现诸冈站在我的座位后面。他双手戴着白色手套，正向椅子上的派对包伸去。

我只能茫然地看着他。

阿缪莱特酒店在要求所有人严格遵守那两条规矩的同时，也会最大限度地保护犯罪者的隐私……这是这里经营的原则。所以，一般情况下他们不会随意调查客人的物品。

现在酒店方做出如此强硬的举动，可见我已经不被视作客人，而成了疑似毒杀明石、等待接受裁决的人。

……不，现在着急还太早。

我放在包里的东西不多，只有粉底、手机和几样零碎物品。要说最危险的东西，也只有藏在底部的防身用小刀。

我并非有意控制随身物品的数量。

只是女性用的派对包容量有限，只能装进最低限度的必需品。如此一来，我就不得不严格挑选放进去的东西。

正因如此，我才能断言那个包里没有能让诸冈定我罪的东西。

意外的是，诸冈的手径直越过了我的派对包。

在我不明所以的目光中，他把手伸进包和靠背之间，拿起了一个小东西。那是个高约五厘米的旋盖药瓶。

……改性乌头碱。

看见药瓶包装的瞬间，我知道自己被算计了。

就在两个半小时前，桂把这个药瓶扔给了我，而我马上还给了桂。现在，它又在最糟糕的时候，出现在了我的座位上。

我拼命搜寻记忆。

……颁奖典礼的彩排结束后有一小段休息时间，我走到宴会厅外面透了一会儿气。当时我随身带着派对包，回来时并没看见椅子上有药瓶。

之后我一直把包放在椅子后方，夹在靠背和身体之间。我是一名杀手，对人的气息格外敏感，因此药瓶肯定不是在我坐在座位上的时候被人放上去的。

最可疑的时段就是典礼正式开始前，以及我在舞台角落跟工作人员站着说话的时候，还有目睹明石倒地后，惊疑不定地站起来的时候。

无论哪一次，桂都坐在我旁边的座位上。

据说她刚入行时是个技术精湛的盗贼，那么……趁着明石倒地，会场陷入混乱的间隙，她应该能够悄无声息地把药瓶放在我的包和椅背之间。

不管怎么说，我只能承认自己着了道。

酒店医生接过药瓶，闷哼一声说道："果然是改性乌头碱。这种毒药完美保留了乌头碱的毒性，没有解药，又因为经过改良，变得更容易溶于水和酒精，是一种很麻烦的毒物。"

水田看了一眼药瓶，脸色变了。

"而且，这还是通过本酒店的客房服务得到的。"

也许，她就是在等着有人说出这句话。只见桂露出时机已到的表情，开口说道："是吧？这是我通过客房服务拿到的，然后交给了桐生女士。"

诸冈困惑地摸了摸和肯德基爷爷一样的胡子。

"嗯？为什么桂女士要把毒药交给桐生女士？她并不是你的手下吧。"

桂凑近诸冈耳边，装出耳语的模样，实际上用正好能让所有人听见的音量说："那是因为我委托了桐生女士……她可是杀手艾瑞波斯呢。"

这个爆炸性消息让所有人倒吸了一口气。就连平时无论发生什么事都不发一言的乌提斯都忍不住发出了小小的惊呼。

……我不是艾瑞波斯！

或许，我应该立即否定。

但是我想到，在这种情况下撒谎可能会很危险，便保持着沉默。桂手上可能有确凿的证据能证明我就是艾瑞波斯，如果我现在否定了，到时候再被证据打脸，很可能会让诸冈他们对我的印象更差。

在我思考时，桂指着我继续说道："我专门找到艾瑞波斯，请她暗杀明石。可是这女人背叛了我！她明明答应我不在阿缪莱特酒店动手，结果却在颁奖典礼的中途杀了明石！"

……喂喂喂，你真好意思说啊。

我已经生不起气来了，反而满心无奈，但还是瞪了桂一眼。

"我确实从桂女士那里接受了暗杀明石的委托，这点我不否认。不过，我从来不用毒杀这种手段，再说，那瓶改性乌头碱，我也马上还给你了。"

桂眯起双眼。

"骗人。"

"这是我该说的吧。我把毒药瓶递过去时，桂女士戴着黑色手套吧?你的目的就是让我亲手直接触碰到药瓶,然后得到只沾有我的指纹的证物。"

"亏你想得出这么蹩脚的借口。"

"你毒杀了明石,再有效地利用带有我指纹的药瓶,让我成了你的替罪羊。"

失去道家这个靠山之后,我成了一个孤立无援的人。不管她对我做什么事,比如栽赃嫁祸,都不会得罪任何一个派系。现在恐怕没有人比我更适合当弃子了。

桂露出极度蔑视的表情,轻哼了一声。

"我杀了明石?怎么杀的?"

我无言以对。

桂高声笑着继续道:"从狮子方杯的共饮顺序来看,有机会毒杀明石的也只有桐生女士,这一点大家都知道了。如果不推翻这个前提,你的处境不会有任何改变。"

……没错,这跟我之前的杀人工作不一样。如果不找到明石之死的真相,我就毫无胜算。

诸冈一直看着我们,像是在用天平衡量我和桂的重量。

情况对我非常不利。不过,诸冈好像并不打算马上采信桂的话,我得趁他态度尚不明朗的时候做点什么才行……

突然,乌提斯高高举起了素描本。

"我有异议!"

乌提斯拿着马克笔还想继续写,但是没写几个字就把素描本扔到了地上。

"啊啊,麻烦死了!"

在所有人呆滞的目光中,乌提斯摘掉了瘟疫面具。看见面具下的那张脸,我忍不住倒吸了一口气。留着金发、像是牛郎的男人……

我和桂几乎同时惊叫起来。

"药师寺律师?"

没错,他就是为了转达道家的遗言,在我的公寓门前守株待兔的律师。

像是嫌我还不够混乱,诸冈对酒店医生小声说道:"欸,这人不是……毒岛医院的毒岛医生吗?"

被外人同时点出两个名字,乌提斯面露苦笑。他脱掉厚重的灰色斗篷,露出里面的燕尾服,说道:"顺带一提,我虽然是个诈骗师,但所有的资格也都是真的。或者应该说,一个诈骗师拥有多个名称和职业,本来就不是多么值得称奇的事情,不是吗?毕竟我这个人就是特别能干。"

或许是感觉到气氛有点不对劲,乌提斯咳嗽了一声。

"各位可以叫我药师寺,或者毒岛,或者乌提斯(无人),随便怎么称呼都行。言归正传,现在就断言桐生女士是毒杀明石的凶手,会不会太早了?"

"为什么呢,你倒是说说看,药师寺。"桂开口道。她似乎决定把乌提斯称呼为药师寺律师了。

药师寺或者毒岛或者乌提斯再次开口道:"从桂女士接过狮子方杯,再到方杯传递到明石先生手上,桐生女士的手上应该没有拿任何东西。那么,她要怎么在山葡萄酒中下毒呢?"

桂耸了耸肩。

"办法不是多得很吗。她可以把毒胶囊藏在派对包里,然后在接过狮子方杯之前,迅速拿出来藏在手心。"

犯罪界对于如何悄无声息地下毒很有研究。

市面上还流传着只用指尖轻触不会溶解,一遇到水或酒精就瞬间溶解的胶囊。

乌提斯并不惊讶，只是轻飘飘地点了点头。

"是有这个可能性。如果是小小的胶囊，的确可以在把方杯传递给明石先生之前悄无声息地扔进去，不被任何人发现。"

我目不转睛地看着乌提斯。

这个人之所以能获得年度犯罪者奖项，是因为桂以评选委员的身份大力推荐。如此一来，就不能排除这两个人共谋的可能性。

……难道他成为道家的律师，也是受了桂的指示？此刻，他是否也是假意对酒店的做法提出异议，实际在暗中引导，加重我的嫌疑，好得到桂想要的结果？

不知是否受到了乌提斯的影响，诸冈似乎做出了决定。他朝水田使了个眼色。

下一个瞬间，我就感觉到有冰冷的东西抵住了我的后背。

视线移动，水田把贝雷塔 M92F 的枪口抵在了我的背上。这个戴眼镜的前台很危险……我的本能疯狂地敲响了警钟。

诸冈冷冽的声音在室内响起。

"阿缪莱特酒店是专为犯罪者设立的特殊场所。既然来了我的酒店，就得遵守两个规矩……"

他说话时，我一直俯视着明石的尸体。

尸体旁边，酒店医生收拾着扔在地上的沾满血的医用手套，不时用谴责的阴沉目光看着我。

"不对，不是我杀的……我被陷害了。"

唉，说这些话多没有意义啊。

果然，诸冈抬手在脖子旁边比画了一下。水田看见了那个不吉利的动作，冲我咧嘴一笑。

"具体情况我们换个地方聊吧。请跟我来。"

好敷衍的谎言……照这样下去,我就要背上毒杀明石的罪名,付出生命的代价。

水田用枪口戳了我一下,示意我赶紧走。我必须在被他带离宴会厅之前做点什么,否则,等待我的将是"毁灭"。

*

下一个瞬间,我笑起来。

"原来……是这个意思啊。"

许是被我的笑声吓到,背后的水田显然后退了半步。戳在背后的枪口触感消失,我总算能正常呼吸了。

我看着诸冈说:"所以,只要我能证明,除了我,还有别人有机会毒杀明石,就行了,对吗?"

诸冈打了个手势,示意正要重新上前的水田退下去。

看来,我成功争取到了时间。

桂依旧游刃有余地开口道:"只证明可能性还不够吧,如果你想说是我下的毒,就得拿出确凿的证据来。"

我给了她一个苦笑。

"我为我刚才为摆脱怀疑而说的话道歉,桂女士并不是杀害明石的凶手。"

桂似乎吃了一惊,露出警惕的表情。

"你什么意思?"

"老实说,我刚才还以为是桂女士亲自下的毒,或者命令手下给明石喂了改性乌头碱,并试图把所有罪名都嫁祸给我。但是仔细一想,桂女士的行动和毒杀明石的凶手的行动并不一致。"

"不一致?"

"恕我冒犯，接下来我将以'桂女士把毒药瓶放在了我的椅子上'这个假设为前提进行阐述。"

听到这句话，桂既没有反驳也没有制止。于是我决定趁她还没改变主意，继续说下去。

"颁奖典礼的彩排结束后，有一段短暂的休息时间。当时，我为了透气离开了宴会厅。顺带一提，我回来时椅子上还没有药瓶。其后可以将药瓶放在椅子上的机会只有两次，第一次是典礼正式开始前，我在舞台角落跟工作人员站着说话的时候。第二次则是明石倒下后，我惊讶地站起来时。"

桂抿着嘴，表情狰狞。

"原来如此。而我正好坐在你旁边，完全有机会在正式开始前，或者明石倒下时，趁着现场混乱，把药瓶塞到你的派对包和椅背之间，是吧？"

乌提斯立刻发出了不赞同的哼唧声。

"不管是正式开始前还是出事后的混乱时段，只要舞台上有人做出可疑的举动，就很有可能被看到。老实说，仅仅为了把毒药瓶放在桐生女士的椅子上，没必要冒这么大的风险。"

诸冈也赞同地点点头。

"毒岛先生说得有道理。在方杯里下毒时应该用到了毒胶囊，所以凶手根本没必要带着毒药瓶进入宴会厅。"

"而且仅凭共饮方杯的顺序这一条，就能引导出'除了桐生女士，别人都没有机会下毒'的结论。放毒药瓶的举动完全是画蛇添足！"

乌提斯说得没错。

桂身为犯罪团伙的首领，完全不需要为一个画蛇添足的举动而冒着巨大的风险亲自动手。

我重新看向桂，一字一顿地说："明石倒下时，你也不知道毒药被下在了哪里，对不对？究竟是那杯山葡萄酒，还是明石之前吃过喝过的东西……正因为你不知道，所以没有发现当时的情况会将嫌疑人的范围锁定到我一个人身上。"

桂紧闭着嘴没有说话。反倒是诸冈开口了。

"换言之，桂女士跟这次毒杀没有关系？"

我看了一眼桂的小型派对包，点了点头。

"正因如此。桂女士跟案子没有关系，才会不小心把毒药瓶放在派对包里带了进来。当她看见明石吐血倒地时，以为是我破坏了阿缪莱特酒店的规矩，给明石下毒了。"

这时，桂的目光终于出现了动摇。她喃喃道："所以，真的……不是你干的？"

我苦笑着点点头。

"当然不是。但是桂女士很生气，觉得我背叛了她。所以，她趁我被痛苦挣扎的明石吸引了注意力时，把自己包里的改性乌头碱放在了我的椅子上。"

"请容我问一句，桂女士为什么要这么做？"

发出疑问的人是水田。

"当然是为了伪造证据，以便揭发我这个毒杀凶手。也许她还有另一层意图，是为了防止事后相关人员被要求搜身时，从自己的包里搜出毒药瓶……只要把毒药瓶放到我的座位上，她就能逃过嫌疑，这是个一石二鸟的主意。"

说完，我便死死盯着桂。

我有点期待她会承认是自己放的药瓶。不过她一直看着地面，没有开口。

真可惜……我放弃了期待，再次开口解释。

"既然已经确定桂女士跟这起毒杀案没有关系,那我们就来想想'究竟是谁给明石下了毒'吧。"

我走向金鱼缸旁边的狮子方杯,继续道:"这只方杯掉落在了尸体前方大约一米远的地方,而里面的山葡萄酒洒在了更远处。"

乌提斯露出你怎么在说废话的表情。

"那又如何?桐生女士不也看见了,明石先生倒下时有个向前方扔出方杯的动作。"

"问题在于……这方杯是年度犯罪者奖项的附加奖品,由纯金打造而成。而且,方杯底部有带翼狮子的浮雕。"

闻言,乌提斯脸上闪过一丝退缩的表情。

"确实,它的实际重量要比看起来更重。"

"要把这么重的东西扔出去一米远,需要不小的力气吧?也就是说,明石在倒下时,故意将方杯扔到了远处。"

一直抱着胳膊听我说话的诸冈开口了。

"你为什么特意说起这个?"

我指着地上的葡萄酒渍和尸体。

"如你所见,因为明石扔出了方杯,所以他的身上没有沾到一滴酒水。也就是说,他在避免自己的身体沾到酒水。"

这次换作水田插话了。

"明石先生应该是突然感到身体不适,然后意识到酒里有毒。既然如此,他试图推开毒酒的行为也就不奇怪了。毕竟有的毒连触碰都很危险。"

这里不需要我解释,诸冈直接摇了摇头,接话道:"不,这个说法太牵强了。明石先生既然知道自己喝下了毒酒,肯定会先向周围的人表明这一事实,让他们立即寻找医生和救护车。"

我浅笑着继续道："没错。假如明石真的喝了毒酒，他绝对不会没有求助，反而去考虑方杯里剩下的酒水。"

已经脸色苍白的桂喃喃道："那难道说……"

"你猜的没错。明石倒地时尚未喝下毒药，而他本人也很清楚这一点，所以他没有向别人求助。但是，他知道手上的狮子方杯被人下了毒，所以才会做出那样的动作，让毒酒远离自己。"

听了我的话，诸冈更加困惑了。

"可是明石先生的舌头被染成了紫色，所以他应该喝了毒酒啊。"

"老板，这里并不存在矛盾。"

说话的人是水田。他放下手枪，扣上了保险栓，然后继续道："明石先生是先喝了传到自己手上的山葡萄酒，然后亲自往狮子方杯里扔了毒胶囊……按照这个顺序想，一切就合理了。"

我细细品味着不再被手枪威胁的安全感，点点头说道："明石喝山葡萄酒时，方杯里还没有毒药。他吐血倒地，浑身痉挛，都是演出来的。"

桂愤恨地说："那他舌头上的伤口是……"

"当然不是痉挛时咬伤的，而是他故意咬伤，伪造出中毒吐血的症状。"

诸冈连忙跑向躺在地上的明石，伸手试探他的颈动脉，然后疑惑地抬头看向我。

"不对，不应该是演的……因为明石先生确实死了。"

"这个案子的真相其实很简单。明石雇人制造出假死的场面，却被那个人背叛，最终真的死掉了……就是这样。"

下一个瞬间，所有人的目光都集中在了一个人身上。

在确认明石是否死亡的时候，能够帮助他完成计划的人，就只剩下一个了。

我看向酒店医生,开口道:"这位医生就是明石的帮手,也是背叛了他、夺走他性命的毒杀凶手,对吗?"

*

"我……我怎么给明石下毒啊!"

酒店医生勃然大怒。我耸了耸肩。

"首先,医生作为明石的帮手,指导他练习中毒后痛苦挣扎的样子。你还告诉他可以咬伤舌头伪造吐血。我猜你向明石介绍这种中毒症状时,故意没说是改性乌头碱中毒的症状吧。"

"胡说八道!"

我没有时间应付这种毫无意义的反驳,于是平淡地继续道:"在明石按照你的指示咬舌倒地后,你戴上医用丁腈手套,检查了他的口腔,对吧?"

我听见诸冈轻吸了一口气。

"……难道说?"

"没错,那副手套的指尖处涂抹了大量的改性乌头碱。医生在假装检查气管是否被呕吐物和血块堵塞时,用指尖抠了明石舌头上的伤口。"

"我没有做那种事!我、我可是医生啊!"

都已经深陷犯罪界的泥潭了,真好意思说这种话。

我浅笑着继续道:"自古以来,附子就被用于制作箭毒。改性乌头碱继承了那种毒的性质,如果被大量揉进伤口,会发生什么?"

乌提斯抱着胳膊回答道:"改性乌头碱从伤口直接进入血液,发挥毒性的速度比服毒更快。当然这也要看剂量……我猜,明石先生在很短的时间内陷入了无法行动的状态,并且在几分钟后一命呜呼了。"

让我意外的是,乌提斯竟然熟知相关知识。

不过刚才他本人也说了,虽然身为诈骗师,但资格都是真的。看来,他既是律师又是医生的话并非谎言。

酒店医生像耍赖的孩子一样拼命摇着头说:"你、你没有证据!"

他的语气摇摆不定,显然已经陷入恐慌。无论怎么看,这个人都不适合杀人。

话虽如此……在罪行暴露之前,酒店医生一直是一副与案子无关的表情,格外平静、淡然。所以可以肯定,现在让此人如此动摇和不安的,绝不是罪恶感。

我轻叹一声。

……没有罪恶感并不是成为杀手的必要条件。

杀手需要具备的能力,是只思考眼下应该做的事情,并且精力要无限集中,只思考这一件事。但是对前方等待着自己的结果万万不能有所期待。一旦期待的事情没有发生,心里就会产生失望。失望和后悔这类精神上的干扰会在危急之时成为致命的弱点。

这些都是道家教给我的。不过要问我是不是全都照做了,倒也很难给出肯定的答案。

我冷冷地看着酒店医生,开口说道:"后来你很快就摘掉了探入明石口腔时戴的手套,并在不久后把它装进塑料袋里处理掉了,对不对?幸运的是,那个塑料袋还没有被带出宴会厅。如果检查那副手套,肯定能发现有大量改性乌头碱附着的痕迹。"

突然,酒店医生抬起了那个塑料袋。

我还没反应过来，那人就朝着宴会厅的大门狂奔起来。到头来，他用比话语更有力的行动承认了自己的罪行。

看来，这个人真的不适合杀人。

没等酒店医生跌跌撞撞地跑到门口，就听见水田对着对讲机说："紧急联络。别让……从分馆逃走。不必讲究方法。"

我没听清酒店医生的名字，好像是"Na"开头的姓。不过这种事不太值得专门去问一遍。

反正，今后不会再见到那个人了。

待酒店医生的身影消失后，我收回目光，发现诸冈正目不转睛地看着我。

"那个，我还是不太明白……明石先生究竟想在本酒店做什么？"

不等我回答，乌提斯先开口了。

"只要想到阿缪莱特酒店在各种意义上都是个特殊的场所，答案就很明显了……毕竟，即使在这里发生了杀人案，也只会有酒店方主导的小打小闹的调查呀。"

诸冈和水田恶狠狠地看着他，乌提斯却毫不介意地继续道："我说的是事实吧？这家酒店里连一个探案专家都没有。然后呢，只要内部调查结束，受害者的尸体和证据就都要被超高温焚毁。如果说有犯罪者看中了这一体系的脆弱性，也不奇怪吧。"

因为他说得很有道理，诸冈只能无奈地点点头，说道："我很清楚酒店的系统不算完善。"

我苦笑着开口道："其中最大的问题，就是权限过度集中在酒店医生身上了。确认受害者尸体情况的是酒店医生，负责鉴定死因的也是酒店医生……照这个思路，恐怕最后负责焚化尸体的也是酒店医生吧？"

诸冈毫不掩饰遗憾的表情，再次点头。

"桐生女士说得没错。明石先生可能盯上了阿缪莱特酒店脆弱的系统，用金钱买通了酒店的专属医生。"

道家老爷子的众多缺点之一，是吝啬。之前佐东背叛他投奔明石，也是因为这个。

与之相对，为了达成目的，明石从不吝啬付出金钱。

我长长地吐出一口气，开始解释。

"买通了酒店医生后，明石计划在阿缪莱特酒店内自导自演一出毒杀案。他之所以选择年度犯罪者颁奖典礼这个舞台，是因为这样能够最大限度地宣扬'自己的死'。"

桂像看垃圾一样俯视着明石的尸体，说："太卑鄙了。只要收买了酒店医生，想要伪装出自己遭到毒杀的假象，简直太容易了。"

我再度露出苦笑。

"顺带一提，明石策划的毒杀案，也是要把罪名嫁祸到我头上。因为我失去了道家这个后盾，成了最理想的替罪羊。"

或者，明石也知道我是艾瑞波斯。

为了保护道家老爷子，我反杀了三个明石派来的杀手。明石得知这件事后，肯定想把我除掉。干杀手这个行当，对这种事已经见怪不怪了。

桂在舞台上来回走着，仿佛恨不得踹明石一脚。

"按照明石的计划，他会先表演一段中毒濒死的戏，等到被送去医务室，再由酒店医生宣告他已身亡，对吧？然后他本人再找个合适的时机离开酒店，将别人的尸体留在医务室充当替身……虽说手法有些粗糙，但只要由酒店医生去扰乱酒店方的调查,他就不必太担心了。"

乌提斯耸耸肩,说:"然后,明石可以立刻逃到国外,换一个身份开始新生活。"

明石为什么要策划一出自己假死的戏?

没有人询问理由。因为在场的人都心知肚明。

世上恐怕再没有第二个人像明石这样,得罪了一大帮犯罪者。

桂被他劫走了超过十亿日元的货物,还牺牲了十二名手下。连道家老爷子都没能避免钱财损失。这次颁奖典礼的受邀宾客中,对明石怀有杀意的人应该不计其数。

在这种情况下,明石躲进家里的核避难所,勉强能够苟活。只是,这样的生活肯定无法长久。

我叹了口气,继续说道:"这一个月来,明石一直在毫无底线地袭击其他犯罪组织。他也许是想在逃去国外前最后再捞一笔。"

诸冈注视着明石的尸体,目光中的怜悯胜过了愤怒。

"他竟然利用我的酒店策划假死,简直不可饶恕……不过,明石先生的计划最后还是破产了,不是吗?"

"没错。酒店医生没能控制住贪欲……他不满足于只拿一点分红作为报酬,而是企图夺走明石用于逃亡国外的资金。"

在受到明石的诱惑之前,酒店医生应该很满足于自己的生活。

但是,在他触手可及的地方,就有几十亿甚至可能有上百亿的巨款。这对他的诱惑无疑是巨大的。人很容易被欲望控制,很少有犯罪者能控制住那种欲望。

"这下,案子算是解决了吧。"

我回过头，看见桂拿着派对包，准备离开舞台。

我连忙叫住她。

"不，我还要问你一个问题。把改性乌头碱放在我椅子上的，就是你……对吧？"

桂抱起了胳膊。

"哎哟，好可怕。难道你想听我亲口承认，过后再报复我？"

我用力摇了摇头。

"我不会做那种事的。因为我知道你这么做是出于误会，也知道你跟这次的毒杀案没有关系。我只是想弄清楚，自己的推理是否正确。"

"呵呵，你说话的方式很像警察或侦探呢。"

我感到脸颊一阵发烫。桂似乎觉得我的反应很有趣，继续道："没错，是我把药瓶放在了你的椅子上。"

终于承认了吗？

我笑容满面地说："我想听的就是这句话。"

这一刻，桂的眼角抽搐了一下。

"什么意思？"

"你的派对包很小，正因为很小，里面能放的东西非常有限。所以，你应该仔细选择了要带到颁奖典礼上的东西才对。既然如此，你为什么会不小心带上了毒药瓶呢？"

乌提斯闻言瞪大了眼睛。

"这么想来，确实不太可能是不小心带到宴会厅来的啊。莫非……"

我点点头。

"没错，除了明石和酒店医生的计划，桂女士同样制订了一个在颁奖典礼上毒杀明石的计划。她将带有我指纹的毒药瓶带进宴会厅,就是为了嫁祸于我。"

不同于酒店医生的反应,我说的话没有让桂产生丝毫动摇。

"这只是狡辩。"

她冷笑着说出这句话。我能感受到诸冈和水田在关注我们,于是继续发起攻势。

"但是,明石和酒店医生的计划妨碍了你的计划,所以你未能展开行动。正因为这样,我也没能推理出你计划的全部。"

桂是不是原本就打算把药瓶放到我的椅子上,还是准备放到别的地方,却受到酒店医生的行动的阻碍,不得不放到了我的椅子上?

连这一点我都无法确定。

桂没好气地叹息一声。

"推理不出来很正常啊,因为根本不存在那样的计划。"

"既然如此,你敢喝一口那边的黑啤吗?"我指着舞台角落的桌子说。

桌上摆着两杯香槟和一瓶黑啤。那都是准备用于颁奖典礼后干杯的酒水。

桂的脸骤然绷紧。我发起最后一击。

"明石先生在颁奖仪式上必定会喝的酒水有两种,一种是狮子方杯里的山葡萄酒,另一种则是干杯时会喝的黑啤。"

说话间,我用手帕包着瓶身,拿起了黑啤。

酒店方准备的用于干杯的酒水只有四种,分别是香槟、红酒、生啤和乌龙茶。综观整个宴会厅,恐怕只有明石一个人会在干杯时饮用黑啤。

"刚才的推理已经让我们弄清楚,明石喝下的山葡萄酒没有被下毒。只需要使用排除法,就能推断出桂女士在黑啤里下了毒吧?"

犯罪界有很多掌握各种奇怪技能的人。

在桂把毒药瓶递过来时,我想到了那个能够伪造各式各样的东西,并且手法堪称艺术的人。也许桂也想到了同一个人,并且找到那个人,请他做了一瓶伪装成未开封、实际下了毒的黑啤。

我把黑啤递给桂。

"桂女士收买酒店工作人员,把给明石准备的黑啤替换成了有毒的黑啤。你说我的推理是胡说八道,那就喝一口黑啤,证明给我看!"

我把瓶子往她手里塞,她不停地反抗,同时用燃烧着怒火的双眼看着我……到头来,她也用比话语更有力的行动承认了自己的罪行。

我正准备开口请诸冈分析这瓶黑啤的成分,却被水田抢了先。

"桂女士,请放心吧,那里面没有改性乌头碱。"

意料之外的话语让我顿时僵住了。难道桂收买的酒店工作人员是水田?

诸冈和乌提斯也罕见地露出了震惊的表情。但我不理解的是,桂似乎也很惊讶,其程度甚至胜于我。

水田再次拔出贝雷塔M92F,但是没有对准任何人,而是安静地讲述起来。

"其实在颁奖典礼开始前不久,本酒店负责准备干杯酒水的员工一个不小心,打碎了专门为明石先生准备的那瓶黑啤。"

我还是头一次听说这件事。

水田的脸上依旧看不出任何异样的神色,他平淡地继续道:"虽然干杯时指定要黑啤的客人只有明石先生,不过那种黑啤是畅销品牌,本酒店有一定的储备,用于供应酒吧贩卖。现在舞台上的黑啤,是原来那瓶打碎后,我从仓库里随便拿了一瓶代替的。所以,里面应该没有毒药。"

我注视着手上的黑啤瓶子。

只要做个简单的毒性测试,就能当场确定黑啤有没有被下毒。而且水田说谎并没有好处,可他还是断言这瓶酒里没有毒。

所以说,事实应该正如水田讲述的那样,是一个不小心导致的事故?

在我陷入沉思时,桂舔了舔嘴唇,开口问道:"那个,摔碎的黑啤怎么处理了?"

"那我就不知道了。洒在地上的酒已经打扫干净,打扫时使用的水桶和拖把应该也洗了。瓶子碎片……可能被人带到外面去了。"

"你为什么会这么想?"

"假如像桐生女士所说,本酒店里有工作人员被桂女士收买了,那个人自然会想办法处理掉对自己不利的'黑啤有毒的证据'。由此可以推断,那个证据极有可能已经不在酒店内了。"

桂的嘴角扬了起来。

"保险起见,我得事先声明,我没有收买任何人。如果你想给我安上莫须有的罪名,至少先找到那瓶碎了的黑啤被人下了毒的证据吧。"

听到这里,我忍不住笑了。

"桂女士,你好像弄错了什么吧?水田先生并不是那个意思。"

"啊?"

昂首挺胸准备离开的桂停下了脚步。水田绕到她身后,枪口对准她的背部,开口道:"我只不过是说,黑啤里混了改性乌头碱的证据极有可能已经不在酒店里了而已哦。"

桂露出困惑的表情,而我决定趁机发起致命一击。

"明石倒下时,酒店医生曾说过一句'怎么又有急诊'。他说的应该是颁奖典礼开始前,一名女性员工伤到手指,突然感到身体不适被送去了医院的事情。"

听到这句话的瞬间,乌提斯的脸上没有了血色。显然,拥有医生名号的他已经知道了真相。

水田也平静地点了点头。

"没错。而她正是不小心打碎了黑啤的人。她在慌慌张张收拾玻璃碎片时,我那可怜的同事,指尖被划破了。"

想象着当时的场景,我不禁皱起了眉。

女性员工看着自己流血的手指,可能想也没想就舔了舔沾有毒啤酒的伤口。也可能她不慎将伤口浸泡在了黑啤中,跟明石一样经由血液中了毒。

不管怎么说,她都因为改性乌头碱中毒,突然出现了强烈的身体不适。

桂早已没有了刚才的从容。

"不对。我没打算对酒店的工作人员……"

话一出口,她才意识到自己说漏了嘴,慌忙抬起双手捂住嘴巴。只可惜,为时已晚。

水田用枪口推了她一下,勾唇笑道:"具体情况我们换个地方聊吧。请跟我来。"

*

水田带着桂离开了会场,现在这里只剩下诸冈、乌提斯和我三个人。

从刚才起，乌提斯就一直在打电话。

因为触碰到毒黑啤而产生中毒症状的女性员工似乎被送到了那个酒店医生的医院，乌提斯正在联系那边。

他把毒物是改性乌头碱的事实告诉了接诊的医生，并提出了几点处理建议，然后结束了通话。

"如果不是在犯罪界经验丰富的医生，一般应付不了这种特殊毒药。听说那位女士没有生命危险，只要使用正确的疗法，她很快就能痊愈。"

听完乌提斯的话，诸冈似乎打从心底松了一口气。

"谢谢你，毒岛医生，你真是帮了我一个大忙。"

"不用谢。"

他捡起掉在地上的瘟疫面具和厚重的灰色斗篷，似乎在考虑要不要重新穿戴好。这时，我冲他提出了问题。

"到头来，你跟桂……并不是一伙的吧？"

他闻言先是一惊，然后为难地笑了起来。

"只要是别人委托的工作我都接，但原则上我是个不投靠任何派系的自由人。顺带一提，道家先生请我当律师，是在知道我有乌提斯这个身份的基础上做的决定。"

我就知道会是这样。

"两位请留步，我有几句话想说。"

开口的人是诸冈。他似乎在犹豫着措辞，慢吞吞地说："如你们所见，阿缪莱特酒店的体系还不够完善。不仅是这次，酒店内总是有顶风作案，并试图逃过追责的犯罪者。其中的一些手段甚至堪称不可能犯罪，所以我们也很头痛。"

我拿起椅子上的派对包，笑着说："我看你的当务之急，应该是找个新的酒店专属医生吧。"

这时，乌提斯满不在乎地说："我倒是可以考虑考虑。毕竟我的医院离这里也近，虽然专业是整形外科，但我多才多艺，对法医学也涉猎颇深。"

相比上一次听到这番自夸，现在我有点相信他口中的"多才多艺"了。诸冈向他伸出了右手。

"谢谢你，毒岛，不是，乌……我该怎么称呼你呢？"

"反正都不是真名，你可以随便叫。"

犹豫了大约五秒，诸冈似乎做出了决定，点点头说："既然如此，我就叫你多克吧。毒岛的发音是'busujima'，如果直接简称'busu'，反倒成了丑八怪的意思。还是按照'毒'字原本的发音，叫'doku'好了。"

"啊哈哈，我这名字乍一听很有医生的感觉，实际却不怎么样呢。"

我没有理睬友好握手的二人，准备静悄悄地离开舞台。但还是被眼尖的诸冈叫住了。

"其实，很久以前我就有招一位犯罪事件调查专家的想法。就是调查阿缪莱特酒店内发生的案子，查出破坏规矩的人，能把有关案件的一切全权交给他来处理的酒店专属侦探。"

这突如其来的一番话让我来不及反应，就见诸冈再一次伸出了右手。

"桐生女士的洞察力和推理能力让我大开眼界，所以我想向您提出邀约。请问，您愿意接受吗？"

事情的走向变得诡异起来，我感到甚是为难。

道家老爷子生前把一项奇怪的任务给了我这个杀手。他让我代替他出席年度犯罪者颁奖典礼。无论怎么想，这都不是该派给艾瑞波斯的任务。

何况,这还是他第一次给艾瑞波斯指派"杀人"以外的任务……难道说,道家老爷子预见到了事情会变成这样?他知道我会在这里找到新的容身之处,所以故意给了我这个任务?

不,应该不至于吧。

我定定地看着诸冈伸出的右手。只要握住这只手,就等于接受了他的邀请。

经过短暂的考虑,我握住了诸冈的手。

看来,比以往还要热闹百倍的日子,即将开始。

Episode 2 谢绝生客

指尖传来艾莉亚的颤抖。

上小学时,艾莉亚就经常这样握着我的手。有时因为河边的严寒而颤抖,有时因为惧怕养父的暴力。

当时的我,丝毫没有还击的力量。

我比艾莉亚还高两级,个子却没有她高。更重要的是,当时我坚信我们的不幸无法改变,除了接受别无办法。

不过,现在不一样了……

站在阴暗的巷子里,我放开艾莉亚的手,对她说:"你就别担心了,我只是去拿回被骗走的东西。"

从小,她就很喜欢在初春时节穿一件风衣出门。如今艾莉亚已经是大学二年级的学生,还有两周就要过二十岁生日了。

艾莉亚还是跟小时候一样。

无论是瘦高的身姿,还是圆圆的脸和温柔的眸子,全都一样。她是个极度善良的人,很容易被骗这一点也跟小时候一样。

"对不起……我不该把博贵卷进这件事的。"

仿佛下一刻艾莉亚就要开始掉眼泪了。我摸了摸头上的黑色假发,朝她咧嘴一笑。

"怎么会呢。你愿意来找我,我高兴都来不及呢。"

要说跟以前一样,其实我也是。

我的个子还是没有她高,还长着一张娃娃脸,每次在便利店买酒都要被店员要求出示年龄证明。而且每次看过证明,店员都会露出"成年人长这样?"的表情。

顺带一提，艾莉亚跟我——濑户博贵，没有血缘关系。

要说共同点，那就是我们两家是紧挨着的邻居，还有家庭环境都十分不幸。

艾莉亚的母亲未婚便生下了她，在她还是个婴儿的时候，又跟她现在的养父结了婚，三年后病逝了。之后养父收养了艾莉亚……但是没过多久，那个男人就暴露了虐待者的本性。

而我则一直跟酒精成瘾、忽视儿童的母亲生活，所以我和艾莉亚的家都与地狱无异。正因如此，我们才像一对亲兄妹一样相依为命。

那时，我很少吃饱过。

小学四年级的秋天，我学会了向路过的大人乞讨。

方法简单。我只需要告诉他们，自己身上没有坐公交车的钱。每次拿着讨来的二百日元买章鱼烧，跟艾莉亚一起填补腹中饥饿，成了我童年唯一的乐趣。

一年后，我开始学别人当扒手。

我不后悔。因为我们之间必须有一个人染指犯罪，否则很难在寻求不到帮助的情况下活下去。

见艾莉亚依旧是一副痛苦的表情，我故作轻松地说："别担心，我每月当扒手能赚一百五十万日元呢。"

骗人的。

当然，我在八年前成为盗窃团伙"地狱犬"的成员，至今仍在当扒手，这都是事实。不过由于我没什么胆量，每个月顶多只能赚十五万日元。扣去孝敬给上头的钱，也就所剩无几了。

我带着给自己打气的意思继续道："木庭骗了你，他就是个大浑蛋。无论对他做什么，你都不需要有罪恶感。"

还有两周，艾莉亚就能活得自由，去寻找幸福。

我怎么能……让那个人妨碍到她呢。

初中三年级的夏天,我们失去了共同点。

那天我们坐在河边的树荫下乘凉,一个男人出现了。他说自己叫南出,是一名律师,然后说艾莉亚是前些天去世的不动产之王及川充的孩子。

艾莉亚和我都极为震惊。

南出的话说得十分委婉,总结下来就是,艾莉亚是及川充的私生女。及川充一直未婚,膝下没有别的孩子,父母也早已离世了。于是,这个素未谋面的亲生父亲留下遗嘱,把超过二十亿日元的遗产都留给了艾莉亚一个人。

不过,继承遗产有个条件。

"在二十岁之前,除了学费和生活费等必要支出,继承人不得动用遗产。"

她将要继承的遗产被做成了表格,并且严禁变卖。一旦违背了这个条件,艾莉亚就会失去继承权。所以,她至今仍靠着定期获得的小额生活费过活。

一般情况下,就算违反了条件,也能要求继承部分遗产。

但是,善良的艾莉亚被亲戚们蛊惑,立下了"一旦违反遗嘱条件,就放弃所有继承权"的誓言。也就是说,从一开始,她的身边就充满了污浊的恶意。

那年夏天像暴风雨一样飞快地过去了。

艾莉亚被带去做了亲子鉴定,结果出来后,立刻就被成城的及川家认回了,连名字都跟随父亲改成了及川艾莉亚。一周后,她就转学到了初高中连读的名门学校。

回过神时,我家隔壁的房子已经空了。因为艾莉亚的养父平时虐待她的事情暴露，被警察逮捕了。

就这样，我和艾莉亚失去了共同点。

不过，直到现在，艾莉亚依旧待我如亲兄长。即使我酸溜溜地对她说，她应该干脆利落地跟我这个扒手断绝关系，她还是坚持每周给我打一次电话，还经常约我到咖啡馆聊天。

其实我也有错，因为我没能狠下心来跟她保持距离。不过，也正因如此，我能帮她教训木庭，倒也还算不错。

我低头看了一眼手表，快到下午一点了。

"别哭丧着脸了，再有五分钟，一切都结束了。"

听到这句话，艾莉亚的表情似乎缓和了一些。不过紧接着，她又露出了明显的惧怕之色。

"他来了……"

我顺着艾莉亚的目光看向巷子口。

一个男人在大路的另一边等红灯。他的头发梳成整齐的三七分，胡子刮得很干净。再看他的打扮——中等身材，穿一套廉价黑西装，系着藏蓝色领带。再配上那个过时的公文包，看起来就是个平平无奇的中年白领。

那个人就是木庭有麻。

他欺骗了艾莉亚，传闻还用"有麻"这个名字毫不掩饰地在高级住宅区贩卖毒品……真是个无可救药的垃圾。

木庭右手摆弄着车钥匙。

因为他的动作，我隔着一段距离也看见了钥匙上的蓝色交通安全护身符，还有陈旧的真皮钥匙扣。

我的目标，就是那个钥匙扣……

计划很简单。信号灯变绿后，我就跟木庭在斑马线上擦肩而过，趁机偷走那个钥匙扣。只是我没想到，钥匙扣上竟然还有车钥匙。

我咬着嘴唇，询问艾莉亚。

"那个钥匙扣，是双重铁环的款式吗？"

"嗯。"

"那我的技术还不足以在擦身而过的一瞬间解开铁环偷走钥匙扣。被发现的风险有点高，只能连车钥匙一块儿偷走了。"

机动车道的信号灯变成了黄色。木庭忍住一个哈欠，把车钥匙塞进了裤兜。

我让艾莉亚留在巷子里，独自走到人行道前。因为太紧张了，我花了好大的力气才表现得若无其事。

没关系，不会有问题的。

我的头发原本染成了明亮的浅褐色，但为了不引人注意，今天特意戴了黑色的假发。而我的长相本来就没什么特征，就算是站到拥挤的电车里，我也是最不起眼的那一个。

很快，人行道的信号灯就变绿了。我和木庭在斑马线两端同时迈开了步子。

*

木庭第一次接近艾莉亚，是在文艺社团"万神殿"的聚会上。

社团的前辈介绍他是封面设计师，善良的艾莉亚立刻就相信了，丝毫没有怀疑。

一个月后，艾莉亚把万神殿的伙伴和木庭邀请到了及川家。

他们在那里举办了一场读书会，阅读的书目是达希尔·哈米特的《玻璃钥匙》。家里的用人做了玛芬和马卡龙招待客人，那场读书会办得比以往都要热闹几分。

离开时，木庭对客厅某个抽屉里露出的东西产生了兴趣。

……那是一个陈旧的真皮钥匙扣。

钥匙扣上刻着衔尾蛇的图案和一个号码，除此之外没有任何特征。就连住在及川家的艾莉亚自己都不知道这个钥匙扣的存在。

木庭很喜欢那个钥匙扣的设计。

"能把它借给我用一下吗？我想在下次的封面设计上借鉴这个图案。只需要两三天就好。"木庭对艾莉亚说。

社团的前辈也在旁边劝说，于是艾莉亚就把那个衔尾蛇的钥匙扣交给了木庭。她很高兴木庭答应参加这次读书会，想以此感谢他。

也许是受到童年痛苦经历的影响，艾莉亚很喜欢看到别人露出高兴的神情。这当然算是她的优点，但是有一个问题，有时她会不受控制地讨好别人。

在此之前，艾莉亚也曾因为过度的热情和关切，好几次导致人际关系出现裂痕，引来不必要的矛盾。

那天，艾莉亚的账户上多出了五千日元，像是为了感谢她的慷慨。

她看见来路不明的汇款，一时间摸不着头脑。直到恐吓来临，她才总算意识到那意味着什么。

原来，那个钥匙扣，竟是艾莉亚继承的遗产之一。

钥匙扣带有让主人获得幸运的加持，在遗产继承列表上仅价值一千日元。木庭故意选择了列表中最不值钱的东西，成功地让艾莉亚疏忽了。

最关键的问题在于，那个钥匙扣还是限量版，上面刻有序列号，是世界上独一无二的东西，不存在替代品。就这样，本该带来幸运的钥匙扣，成了艾莉亚不幸的源泉。

木庭说，他是从艾莉亚手中购买了钥匙扣，还支付了五千日元。

那是个彻头彻尾的谎言……但是，情况对艾莉亚十分不利。

而那天参加读书会的万神殿的前辈，竟然是被木庭收买的。泄露艾莉亚账户信息的人，恐怕也是他。

只要那个卑鄙的前辈和木庭一同坚称"艾莉亚变卖了遗产列表上的东西"，及川家的亲戚肯定会急不可耐地认同。如此一来，艾莉亚就会失去继承权。

木庭表示，想让他保持沉默，就得在三天内交出五百万日元。

他可能觉得，这笔钱对及川家的人来说根本不算什么。然而艾莉亚的生活费并不多，想在三天内凑齐五百万日元，是绝不可能的事情。

无奈之下，艾莉亚只得找到我。我们制订了一个计划，以给钱为借口叫木庭出来，趁机偷走那个衔尾蛇钥匙扣。

只要拿回钥匙扣，那么无论木庭说什么，艾莉亚都不怕了。

木庭走在斑马线上。

他要去的地方，自然是跟艾莉亚约好的咖啡厅。可能是觉得自己马上就要得到五百万日元了，此刻他一脸得意，好像随时都要哼起歌来。而我也放松了右手的肌肉，准备动手。

还差三米、两米……

就在此时，我听见一阵尖厉的刹车声，一辆灰色的小货车冲上了斑马线。周围爆发出一阵尖叫，紧接着是一声闷响，车子停了下来。

木庭被车撞倒,抱着腿在地上打滚。他的脚扭成了奇怪的角度,有可能骨折了。

我吓得呆愣在原地,不知该做些什么。

竟然在这个节骨眼儿上出车祸了?不对,这应该是个好机会。我只要假装上前帮忙,就能轻而易举地偷走钥匙扣。

意识到这一点的同时,小货车右边的车门滑开,从里面伸出了四只手。

戴着黑色手套的手,接连抓住了木庭的肩膀和胸口。

木庭的嘴巴被粗暴地堵住,惨叫声戛然而止,接着他的身体被拖向了小货车的方向。我看不见车里的情况,也不清楚有多少人。因为里面很黑,两侧和后面的车窗都被黑色帘子遮住了。

下一刻,小货车突然发动。

木庭右半边身子还悬在车外。

他面色惨白,不停地挥手……然而任何抵抗都是徒劳。很快,连那因为骨折而扭曲的脚踝也消失在了车内。下一刻,车门砰然关闭,车子在十字路口向左拐去。

这是短短三十秒内发生的事情。

在场的每个人都一脸呆滞,连报警这种理所当然的反应都没有做出来。

我最早回过神,拔腿就往车子离开的方向跑去。小货车走的那条路有点堵,所以开不出速度来。我不能错过这个机会。

我好像瞥见艾莉亚带着不安的表情从巷子里走了出来。

"等会儿给你打电话!"

我只留下这句话,便在人行道上全力飞奔起来。我对自己的速度很有信心,纵身跃过拦路的墩子,一路狂奔。

这是一次有计划的绑架……

那辆车的窗户都被帘子挡住了,而且刚才在斑马线上明显是冲着木庭撞过去的。那几个人把他拖上车的动作无比熟练,显然不是外行。

所以,记下车牌没什么用处。对方肯定会用套牌车。

我感到左侧腹一阵剧痛。

人追车自然是不可能追上的。眨眼间,我跟小货车的距离已经拉开到了将近一百米。不过,要是此时放弃,我就会永远失去取回钥匙扣的机会。

我的脑袋热得发烫。

犯罪界流行一句话——汗水与变装犯冲。头上的黑色假发已经被汗水浸透,在初春的阳光下,我感到脑袋闷热无比,正一点点地削弱我的体力。

在我快要喘不上气的时候,小货车终于开始减速,靠向车道左侧。那里是,阿缪莱特酒店门口。

我拼尽最后一丝力气,一口气缩短了距离。

我本以为小货车会靠向酒店本馆的入口,没想到它径直开了过去,停在了分馆门口。很快就有人打开车门下来了。

我站在街边的树下喘着粗气,同时眯起眼睛。

……那人究竟是谁?

那是一个满脸胡子的男人,一头蓬松的褐色天然鬈发,乍一看就像戴了一顶圆形的头盔。最惹眼的地方是他的穿着,花花绿绿的夏威夷衬衫外披着一件鲜红色的机车夹克,下身则穿着一件让人忍不住发笑的破烂牛仔裤和严重磨损的木屐。

那人穿成这样却一脸坦然,竟让我这个看客分不清那究竟是土气还是土到深处自然潮。也许应该说,这个男人是会行走的时尚突变体。

不过，那副硕大的黑框眼镜后面，是一双锐利得可怕的眼睛。

这个人很眼熟。

我所属的盗窃团伙"地狱犬"只是一个不起眼的末端组织，上面还有专门从事诈骗和盗窃的上级组织"厄客德娜"。

我参加过一次厄客德娜主办的派对，在派对上见过这个时尚突变体。

这个人名叫山吹。

他是厄客德娜的参谋，实际控制着已经傀儡化的老大，所以也是组织的背后掌控者。

此人以偷车出名，把生平偷的第一辆小轿车魔改一番，搭载了涡轮发动机，到现在还爱不释手。还有一个不知真伪的传闻——有个敌对组织在他的爱车上安装了定时炸弹，他亲自上阵拆弹，受了重伤，但把车保住了。

那个疯男人怎么会在这里？

我已经出了一身冷汗。

对方是犯罪界的大人物，根本不是我这个底层小喽啰能比的。要是一不小心妨碍了他，我恐怕会见不到明天的太阳。

放下空着手的山吹后，灰色小货车加速离开了。

此时我已经顾不上木庭。我的双眼死死盯住了山吹从机车夹克里取出的东西。

车钥匙……

那是之前在木庭手上的东西。蓝色布袋款式的护身符非常眼熟，还挂着衔尾蛇钥匙扣，肯定不会错。

山吹看着手上的东西，咧嘴笑了。

一开始我还以为他是在看车钥匙，猜测他是不是因为绑架木庭的时候有意外收获，让自己手底下又多了一辆车，才高兴地笑了。但是……不对。他的视线并没有对准车钥匙，而是对准了钥匙扣。

我惊讶地瞪大了眼睛。

"难道，山吹袭击木庭，是为了抢走那个钥匙扣？"

看来，盯上艾莉亚的人并非只有木庭一个。

山吹绑架木庭，肯定是想劫持他，让自己成为新的恐吓者。现在，衔尾蛇钥匙扣转而落入了"犯罪界大人物"的手中，艾莉亚面临的危险也随之升级了。

木屐敲响一连串轻快的踢踏声，山吹穿过日式庭园，径直走向阿缪莱特酒店分馆。见他头也不回地走着，应该是没有发现我的存在。

我慌忙追了上去。

我调整着急促的呼吸，尽量降低自己的存在感。为了方便干活，我特意选了橡胶底的鞋子，可以悄无声息地快速移动。

一定没问题的。

说来悲哀，我在地狱犬也只是个小喽啰，上级组织的高层干部肯定记不住我的长相……就算记住了，今天我也有黑色假发做伪装，与平时的形象大相径庭，对方应该认不出我就是扒手濑户。

穿过入口的自动门时，我们的距离已经缩小到了一米。

山吹还在把玩着钥匙扣，要神不知鬼不觉地偷走肯定不可能。虽然鲁莽了些，但我还是只能把它连同车钥匙一块儿抢走。

就在我准备把手伸向钥匙扣的瞬间——

"这位客人……"

一声呼唤把我吓了一跳。

明明没感觉到有人靠近，却见一名酒店工作人员已经站在了能让我感觉到呼吸的地方。这个男人瘦瘦高高的，从发型到制服和领带都一丝不苟，泛着微光的银边眼镜下是一张挂着微笑的脸。

"很抱歉，阿缪莱特酒店分馆是会员制的，请问客人您有会员证吗？"

"啊？哦，会员证啊。"

我是第一次来这里，怎么可能有会员证。

我假装去摸钱包和衣兜，同时留意着山吹的行动。一名女性员工在他身边可爱地鞠了一躬。

"山吹先生，感谢您出示会员证。"

然后，他就在前台办起了入住手续。填写信息的时候，他还故作不经意地把车钥匙扔到了一边。

真是个装模作样的家伙。

女员工恭敬地送上了房间钥匙和生活用品。这家酒店的房间钥匙不是一张卡片，而是传统的金属钥匙，我幸运地看到了上面印着1209的字样。

看来他住在十二楼。

回过神时，我已经被三个男人围住了。

其中两人穿着酒店制服，身上的肌肉鼓鼓的，活像杰森·斯坦森的小弟。刚才对我说话的银边眼镜，他的名牌上印着"水田"，又开口道："很抱歉，分馆只接待拥有会员资格的客人。"

他的语气依旧很恭敬，但好像从一开始就察觉到我没有会员证了。否则，那双隐含着杀气的眸子又该如何解释。

两名壮汉一左一右地将我钳制。

"等等！"

我大声抗议，大堂里的客人却没有一个人看过来。有的人假装看报纸，有的人举着白兰地酒杯正谈笑风生。

至于我，则像被美军抓住的小矮子外星人，无法做出任何反抗，被径直带到了自动门外。

身后传来水田含笑的声音。

"如果您要住宿，请移步酒店本馆。"

*

"这酒店是怎么回事！"

我在日式庭园的石板路上撑起身子，自言自语道。

那两个壮汉把我往地上一扔，转身就回了分馆。此时他们就站在门口不远处，目不转睛地监视着我。

只能先撤退了。万一表现得过于可疑，有人报警反倒更麻烦。

好在山吹已经办完入住手续了。

他进去时没有带行李，所以不像是为了存放行李专门开一间房。是准备找个房间休息，还是在酒店里有事……不管怎么说，他应该一时半会儿出不来。

"好吧，只能潜伏下来准备打持久战了。"

我不知道山吹准备住几天，但他有可能出来吃饭或者办事，而且总归是要退房离开的。

我假装放弃，背对入口离开了。

然后，我围着建筑物走了一圈，想找找分馆有几个出入口。

南边有个大门，还有地下停车场的出入口。

我已经见识过大门的警备情况了，看见地下停车场的出入口也设置了保安人员时，我感到无语。虽然距离太远看不清楚，但可以看出保安人员会拦住进入的车辆要求出示会员证。

入口处写着"分馆专用，与本馆地下停车场不相连，请注意"。显然，本馆和分馆有独立的停车场。

建筑物东侧有工作人员专用的出入口。

门的尺寸仅容二人并排通过。我只看了一会儿，就见一名员工拿着塑料袋走出来，扔到隔壁的垃圾站后又走了回去。这里没有保安，但是开门需要用到工作人员专属的门卡。

分馆西侧是有喷泉装饰的英式庭园，庭园的另一端就是阿缪莱特酒店的本馆。

绕着建筑物走完一圈，我陷入了沉思。

让我感到疑惑的地方，有三处。

第一，分馆的地下停车场出入口设计得非常紧凑。

尤其是车辆限高一百五十五厘米，卡得非常死。这就让我无法趁着夜色趴在会员的汽车顶上蒙混进去。

第二，还是跟地下停车场有关。

分馆的地下停车场只有车辆出入口，没有行人用的户外楼梯。行人想要进出停车场，必须从分馆内部绕进去。

相对地，本馆的地下停车场就有户外楼梯，我在周围观察时一眼就看见了两处楼梯。不知道为什么，会员制的分馆好像故意设计得很不方便。

第三，分馆没有住客用的后门。

建筑物北侧有个很小的逃生门，但是重重封锁着，无法使用，应该只在紧急时刻开放。

我深深地叹了口气。

"总感觉……这栋楼在违反建筑基准法的边缘徘徊啊。"

幸运的是,我需要盯紧的出入口只有大门一处。不过,这座建筑物真的很奇怪。

我再次抬头仰望分馆。

分馆的外观设计像王宫一样豪华。但是与色调明亮的本馆相比,它小了一大圈,还散发着阴沉的气息。这座建筑物不适合明君,更适合暴君。

想到这里,我突然想起了犯罪者专用酒店的传闻。

像我这种小喽啰不可能知道酒店的名称和所在地。唯有在犯罪界有一定地位的人,才有资格进出那家酒店。而且,传说那家酒店有两条绝对不能破坏的规矩。

一、不破坏酒店。
二、不在酒店范围内伤人害命。

只要严格遵守这两条规矩,并支付一定的代价成为会员,就能获得无微不至、有求必应的服务。

我还听说里面有连死人都能烧得痕迹全无的超高温焚化炉,只需要给前台打个电话,不管是假身份证还是搭载机关枪的豪车,酒店都能给你准备好。

那是一家司法绝对无法触及的酒店。

我感到指尖在发抖。

"不对不对,现在还不确定这家酒店的分馆就是那么可怕的地方呢。"

我低喃着,但是在看到那个犯罪界的大人物熟稔地办理入住时,心里已经犯了嘀咕。

厄客德娜的活动据点在东京，其高层人物山吹肯定在市中心有住宅或别墅。现在他特意住到了市中心的酒店里，莫非，因为这里是个很特别的地方？细想一下，刚才那个姓水田的工作人员眼神不像普通人，而那两个壮汉把我扔出大堂时的粗暴举动也不是普通酒店的作风。

我注视着分馆的大门。

出入那扇门的全是看起来有两把刷子的人。他们都穿着奢侈的华服，散发着浓浓的铜臭味。他们的举动虽然很优雅，却隐隐透出一股鬣狗的凶狠。

所以，这里……真的是？

此时，我的手机响了。我意识到自己忘了给艾莉亚打电话，连忙接了起来。

"对不起，我这边出了点状况，还没拿回钥匙扣……"

"怎么办？"

电话那头的艾莉亚在哭。我的声音也跟着颤抖起来。

"出什么事了？"

"刚才南出律师打电话来，说今晚要突击检查。"

"检查？"

"他要检查遗产列表上的物品是否齐全，有没有被我变卖……"

听到这里，我一下子醒悟了。

难道山吹知道了木庭的行动，特意整了这么一出？

那个人应该是得到了消息，知道及川家的亲戚对艾莉亚继承遗产一事心怀不满，于是袭击木庭夺走衔尾蛇钥匙扣，并暗中提示那帮亲戚搞一场突击检查。

如果艾莉亚因此失去了全部继承权，山吹能从那帮亲戚那里得到几亿日元的报酬吧。见鬼……什么带来幸运的钥匙扣,这带来的全都是麻烦啊!

不管怎么说,眼下已经来不及犹豫了。

"检查……几点开始?"

"晚上七点。"

我看了一眼手表,现在是下午一点半。

这里与及川家只相距几站地铁。虽然很近,但我还是得在下午六点前拿到钥匙扣,否则就会赶不上检查。

还有四个半小时……

我咬着下唇,喃喃道:"如此一来,我就不能干等着那家伙离开酒店了。"

"什么酒店?"

"具体情况我过后再跟你说。艾莉亚你就放心等着吧,什么都不用操心。"

"博贵……你该不会铤而——"

没等她说完,我就挂断了电话。

我打算潜入阿缪莱特酒店的分馆,然后找到山吹入住的十二楼,从他手上夺回钥匙扣。

这次的对手是犯罪界的大人物,假如这里真的是那家特殊的酒店,一旦事情败露,我肯定无法全身而退。

这种事情,我不希望牵扯到艾莉亚。

首先,我走向了工作人员出入口。

老实说,要进入分馆并不算难。我微笑着把手伸进了外套口袋。

指尖触碰到一张硬质卡片。

这是我从门口的保安身上偷来的。那几个人虽然长着一副杰森·斯坦森小弟的模样,却都是蠢货。我被他们扔出来时,趁机偷走了其中一个人的员工卡,还有另一个人身上的文库本。

当然,一切都如我计划的那般……是不可能的。我并没有那样的远见,只是气不过他们那样对我,气愤之下动了手。不过运气也算实力的一部分,还是赶紧突破第一道关卡吧。

我意气风发地走向工作人员出入口,正要刷卡时,门突然打开了,吓得我险些跳起来。

从里面走出来一个身材纤细的女性。

我松了一口气。因为她跟水田不一样,身上并没有犯罪界的人特有的杀气。她的名牌上写着"桐生",五官长得秀气端正,不过制服领带有点歪了,给人一种容易亲近的感觉。

桐生目不转睛地看着我,像是要在我身上盯出一个洞来。

糟糕,我得在她发现我不是工作人员之前赶紧冲进去。我点了点头,绕过她身边准备走进分馆。

"站住。"

我倒吸了一口气。

桐生左手拍在墙上,挡住了我的去路。那一声钝响让我意识到,此人的掌力非比寻常。

"交出来吧……"桐生伸出右手,压低声音说道。

"交、交什么出来?"

"你不是在门口偷了我们保安的门卡吗?"

见鬼,被发现了。

要是被搜身就麻烦了。我假装跟跄几步,不动声色地把门卡塞进了桐生的制服口袋。那本文库本我可以狡辩过去,就一直插在裤子后袋里没有动。

我以前也用这个方法躲过了搜身，不管是警官还是保安，恐怕都想不到失窃的东西竟会跑到自己的口袋里。

接下来，只需熬过搜身，再从她口袋里偷走门卡。

"你觉得……用这种小把戏就能蒙混过去？也太小看我了。"

桐生苦笑着从自己的衣兜里拿出了门卡。当然，那是我刚放进去的。

我只觉得从假发顶端到脚趾尖都冒出了冷汗。

我为刚才还认为游刃有余的自己感到羞愧，这个说话语气像男人的女人究竟是何方神圣？无论怎么想，她都不是普通的酒店工作人员。

她垂眼看着保安的门卡，继续道："你竟敢在我们分馆偷东西。说吧，你偷走工作人员的门卡是想干什么？目标是这里的房客吗？"

我双手掩面。

接下来我会面临什么？被严刑拷打，直到说出目的，还是不由分说地被处理掉？

透过震颤的指缝，我注视着桐生。

她敢独自出现在我面前，应该是有把握能对付我吧。事实上，周围真的没有其他人的气息。不过，我对自己的速度很有自信。我挺熟悉这一带的，只要找对了时机，应该能甩开她逃走。

我抬起头问道："桐生小姐是酒店的保安吗？"

提问只是想拖延时间，但不知为何，她扬起一边嘴角，露出了苦笑。

"算是吧。不过我的头衔是酒店侦探。"

酒店侦探？

这个词跟犯罪者专用的酒店一点都不相称。还是说，正因为这里住的全都是犯罪者，才需要有这样的人？

我低声喃喃道："……东西了。"

桐生眼中露出警惕的神色。

"什么？"

"捡到东西了……既然你是侦探，就麻烦你把它还给失主吧。"

我胡乱说着，把从杰森·斯坦森小弟那儿偷来的文库本扔向桐生，拔腿就跑。

这是战略性撤退，是有计划地退却。

我不断地告诉自己，一口气跑了三条街。然后我双腿一软，在平地上跌倒了。

刚才追赶灰色小货车时，我已经全力奔跑了近两公里，显然那时积攒下来的疲劳一口气爆发了出来。我觉得双脚好似灌了铅，肌肉里全是乳酸。

看见我躺在人行道上，行人纷纷侧目。

谁在意你们啊，我可是被阿缪莱特酒店的人……让我意外的是，竟然没有人追上来。

我有点反应不过来，跟跟跄跄地走进了巷子里。

难道是拿回了门卡就不追了？不对，能如此敷衍对待的，只有小孩子犯下的小偷小摸。

之所以没有人追过来，肯定是放长线钓大鱼，为了从我身上得到更多信息，好打探出我的真正目的何在，是受了什么人的委托。

我靠在便利店后方的围栏上，脱掉外套和黑色假发。

不是自夸，我的长相非常平凡。

只是摘掉假发恢复原本的浅褐色头发，远远看着就分辨不出是否是同一个人了。这样的变装格外简陋，但应该能瞒过酒店的人。

我调整好呼吸，顺着来时的方向迈开了步子。

能放任我行动，证明酒店根本没把我当回事。酒店之所以会这么做，证明他们觉得随时都能抓住我。

……我会让他们后悔现在的大意。

*

分馆的出入口共有四个。

分别是南侧的大门、地下停车场出入口、东侧的员工出入口，以及北侧的逃生门。

酒店肯定每天都有大量的布草搬进搬出，还要消耗大量的食品和酒水，必要时甚至还要搬入大型家电和家具。

这些物品进出是通过哪个出入口完成的？

大门是酒店的脸面，应该不会用来做那种事。员工出入口和逃生门都太小了，显然不适合搬运大宗货物。

那么，只有地下停车场的出入口了。

他们也许会让货车或卡车开进分馆的地下停车场，再从地下的搬入口搬运货物。

不，也不对。

分馆的地下停车场限高只有一百五十五厘米。

大多数型号的普通轿车都能轻而易举地开进去，但是用于运输货物的货车和卡车就不行了，因为这类车通常很高。

既然是犯罪者专用的酒店，肯定不会做"在货车和卡车进不去的地下停车场"设置搬入口这种蠢事。

……也许,这种"麻烦"是刻意为之。

进入阿缪莱特酒店分馆的都是犯罪者,其中肯定也混杂着企图袭击酒店的人。

如果将能够进入地下停车场的车型限制在小轿车,酒店方就能大幅度控制风险。因为那种车里能隐藏的人数和物品数量极其有限。

而货车和卡车可以容纳作战人员和大量武器,若是开进地下停车场,对酒店来说无疑是致命的威胁。无论多么坚固的要塞,如果从内部开始破坏,就会变得不堪一击。

重视安保的他们肯定会把分馆的搬入口设在外侧。

所以,在哪里呢?

我抬头看向阿缪莱特酒店的本馆。

建筑物的外观与分馆相似,但是相比充斥着魑魅魍魉的分馆,本馆就平和多了。原来房客性质不一样,会让酒店的氛围产生如此大的不同。

带喷泉的英式庭园隔开了两座建筑物,仿佛阴阳两极。

本馆也有地下停车场。

这边的停车场出入口也挂了提示牌:本馆专用,无法前往分馆地下停车场,请注意。

这里与分馆的不同之处在于,本馆的地下停车场出入口很宽大,两三米高的车也能开进去。所以,货车和小型卡车都能轻松进入。

一切都与我想象的一致,我有点控制不住脸上的笑意。

不会有错了。本馆与分馆看起来是两栋独立的建筑,但实际上,地下存在连接二者的货运通道。

那里就是通往分馆的第五个入口。

本馆的安保措施很松散。

可能因为这里并非会员制,而是向普通客人开放,我轻易就走了进去。

大堂里摆放着奢侈感十足的沙发,同一楼层的咖啡馆"平安无事"里,有人正在享用搭配大量水果的松饼。

我径直穿过那个名字可笑的咖啡馆,乘坐电梯前往地下停车场。

这次我很幸运。

刚到地下停车场,我就碰到了运送布草的卡车。而且因为离开停车场的车辆很多,卡车的速度并不快。

我连忙看向停车场东侧,也就是分馆的方向。

在相隔一个拐角,普通客人很难看见的地方,有个地面高出一截的空间。那里有一扇巨大的卷帘门,门边站着两名保安。

那肯定就是搬入口了。

之所以比停车场的地面高出一截,应该是为了让搬入口适应卡车货箱的高度,方便卸货。

卷帘门的另一边,就是通往分馆的地下货运通道。

趁布草车停车让道的空袭,我一把抓住了卡车后门的把手。后门竟然只插了门闩,没有上锁。我趁机打开门溜了进去。

货箱里充斥着柔顺剂的香气。

关上车门后,里面变得伸手不见五指,于是我打开了手机的手电筒。

货箱里摆放着许多被固定住的大型推车,四周用栅栏围住,中间杂乱地堆放着硕大的蓝色口袋。口袋里装的应该是床单和浴巾之类的物品。

每台推车上都挂着目的地标牌。

有的推车上写着医院和其他酒店的名称,也有写着"阿缪莱特酒店分馆"的牌子。

那台推车旁边还挂着眼熟的酒店制服。有两种不同的颜色,蓝色系搭配藏蓝色领带的是分馆制服,红色系搭配胭脂色领带的是本馆制服。

我拿出一套分馆制服,飞快地套在了T恤和牛仔裤外面。我来不及脱衣服,因为时间紧张。

这时,卡车开始倒车,看来是开到了搬入口旁边。

"糟糕,糟糕!"

我手忙脚乱地从备用的蓝色空袋子里挑了个看起来最大的,然后跳上挂着"阿缪莱特酒店分馆"牌子的推车,随手扔掉几袋布草,堆在了卡车的死角。

最后,我套上备用的蓝色袋子,一头钻进推车里。

就在这时,我感觉到有人从驾驶席下来了。要是司机现在打开后门,肯定会看见我戳出推车的两条腿。

失败了?

不,司机不一定会马上打开货箱门。他可能还要跟酒店保安打招呼,或者先把搬入手续办好。

结果,过了大约一分钟,后门才被打开。

这时我已经成功躲进了堆满布草的口袋中间,还用蓝色空袋子罩住了全身……我很庆幸自己长得这么矮小。

不一会儿,有人推动了推车。

我随着震动左右摇晃,暗自比了个胜利的手势。这下我终于能进入分馆了。

刚才打开手机电筒时,我看到时间是下午两点五十分。我必须在下午六点之前找到山吹,取回钥匙扣。

推车移动的过程中,我听见一男一女在窃窃私语。
"前辈,东大路先生的火葬,应该快开始了吧。"
"嗯,差不多是时候了。"
我皱起了眉。

虽然搞不清楚状况,但我还是很惊讶。这家酒店还搞葬礼,甚至提供火葬服务吗?算了,反正是犯罪者专用酒店,有什么都不奇怪。

也许因为此处是只有工作人员才能进入的搬运通道,那两个人一点警惕性都没有。证据在于,他们聊天的声音越来越大,越来越不客气了。

"谁能想到那位竟然拒绝去医院接受治疗,非要在咱们酒店神不知鬼不觉地度过安稳的临终生活啊?要知道,咱们这儿的火葬太特殊了,连骨灰都不会留下……那位的想法真够怪的。"
"可见那位客人是真的喜欢阿缪莱特酒店吧。"
"老实说,东大路先生实在太爱男色了,负责高层套房的男员工个个提心吊胆的,生怕一不小心就被调戏了。"
"啊哈哈,还有这种事?"
"这有什么好笑的!今天一大早,那位客人不是在十楼的房间倒下了吗?后来还说,在人生的最后一刻,能被隔壁房的帅哥扶起来,也算是一场美好的回忆了。"
"隔壁那位客人是西尾先生吧?"
"没错,当时西尾先生被东大路先生紧紧抱着,面对面听到这句话,都不知道该怎么办了……不过那位在房间去世时,脸上一直挂着幸福的表情。真是……太符合那位客人的性格了。"

接着是一段时间的沉默。

前辈似乎想换一个话题调整心情，故作利落地说道："好，赶紧做检查吧。"

检查？

这句骇人的话让我感到胃部一阵抽痛。

"首先是放射物检查，这个数值应该没问题。"

"我还不太习惯检查工作……不过，真的有必要连这个都查吗？"

"听说外国啊，真的有人会在布草里混入脏弹，企图毁灭整个酒店。所以当然是越小心越好啊。"

我感到腰部起了鸡皮疙瘩。

脏弹好像是利用放射性物质造成污染，是性质最恶劣的炸弹吧？这两个人到底在聊什么不得了的事情。

"接下来是 X 光检查。把车子推上这个大型装置，就会有传送带自动传送进去。就能一次性查出里面是否混入了可疑物品或可疑人员。"

区区一个酒店，为什么还有 X 光检查啊！

与其在检查中被揪出来，还不如……我用力一蹬，跳出了推车。那两个员工被推车倒下的动静吓了一跳。我把盖在身上的蓝色口袋朝他们扔了过去。

这里是一个面积约三十平方米的房间。

旁边是一台比机场的安检装置还要大上好几倍的装置。一想到自己差点被推进去，我就忍不住汗毛直竖。

我看向检查室右边，那里有一扇巨大的拉门，上面写着"分馆"。

只要穿过那扇门……然而，拉门上了锁，纹丝不动。很显然，在所有检查结束、确定安全之前，它是不会打开的。

……好不容易来到这里了！

不过，要是被抓住，那一切都完了。

我气得直咬牙，只能抬起另一头的搬入口卷帘门，就地一滚，通过缝隙回到了地下停车场。

外面的保安正在用无线对讲机联络，可能因为我穿着分馆的制服，没等他们反应过来，我已经朝着地下停车场的出口跑走了。

怎么办，怎样才能摆脱追兵？

返回本馆地上层并非良策。因为本馆的工作人员肯定会接到联络，而我身上穿着分馆制服，非但无法混进本馆，还会格外引人注目。

突然，我看见了一条通往地面的狭窄楼梯。

那是地下停车场与地面相连的步行专用楼梯之一。这里的警备应该不那么森严吧……我抱着一线希望，跑了上去。

外面是一片日式庭园。我跑着跑着，逐渐丧失方向感，不过现在看来，这楼梯应该是靠近分馆大门的。而且，硕大的石灯笼旁边还站着一个人。

看清那个人是谁后，我猛地僵住了。

是酒店侦探桐生。她一脸不耐烦地说："你也太慢了。"

楼梯下方也传来了脚步声。我意识到无路可逃，只能喘着气问道："你怎么，知道……我会来？"

"不知为什么，试图闯入阿缪莱特酒店的人，全都会走同一条路线。最开始先试探大门，然后试探工作人员出入口，知道进不去之后，就找到货物搬运口，然后大摇大摆地绕到本馆的地下停车场。"

我感到茫然。

我以为自己想到了多好的主意，原来不过是跟"其他人"做了同样的事情。既然如此，闯入酒店分馆的可能性，从最开始就是零吗！

不甘和羞愧让我眼眶发热。我已没有逃走的力气，直接呆立在原地。

桐生语带同情，继续道："到最后，潜入者必然会在X光检查阶段被逼出来。大部分人会在搬入口附近被抓住，而我看你应该挺灵活的，就猜你会逃到楼梯这边。"

我已经没在听她说话了。

因为在桐生背后八十米远的地方，出现了一个身穿鲜红色机车外套的男人。怎么会这么巧，山吹正好从分馆出来了！

我大喊着冲了过去。

"山吹，站住！"

山吹发现我跑来，黑框眼镜后面的双目惊讶地瞪大了。

他慌忙转身逃往分馆。与此同时，我被人从背后钳制住了。尽管如此，我还是死死扒住自动门的外侧，大喊着："别跑，你这个卑鄙小人！"

山吹头也不回地逃向电梯厅，正要冲进正好停在不远处的低层套房电梯时，却停下了脚步。跟旁边的员工交谈了几句之后，他转身走进了写着"直通高层套房"的电梯。

"山吹，你给我回——"

后脑勺突然受到强烈的冲击。

我被打了？下一刻，我眼前一黑，失去了意识。

*

　　睁开眼时，我发现自己躺在一个陌生的房间里。这里好像是办公室。

　　稍微动动头部，就有一阵剧烈的头痛侵袭。我感觉全身僵硬，无法自由行动。原来，我的四肢被捆在了一张木头椅子上。

　　还是被抓住了吗……

　　壁挂时钟显示现在是下午四点半。我晕倒了一个多小时。

　　当时我不该大喊大叫地朝山吹冲过去，想必那人现在已经退房逃走了吧。这下我彻底失去了衔尾蛇钥匙扣的踪迹。

　　我听见有人在说话，但是声音压得很低，听不清说了些什么……那个声音逐渐靠近，我吓得浑身颤抖起来。

　　进来的人是桐生。

　　"他真的……是犯罪界的人吧，老板？"

　　被称为老板的，是一个上了年纪的男人。他没有穿酒店制服，而是一身邋遢的打扮，有点像某知名电影制作人。这人就是阿缪莱特酒店的老板吗？我好像在哪里见过那张仿如肯德基爷爷的面孔，然而因为脑震荡，我一时间想不起来了。

　　老板看着我，点了好几下头。

　　"不会有错，我在新宿的黑赌场参加厄客德娜举办的派对时见过他。如果没记错的话，那次这小子不小心摔倒了，撞倒了会场的香槟塔，被狠狠教训了一顿……应该是地狱犬下面的扒手吧。"

　　虽然他记住我的方式令人窘迫，但那毕竟是事实，我也无法反驳。

　　"你叫什么？"老板开口询问。

我已经认命了，回答道："……濑户。"

桐生注视着我的脸，问道："濑户先生，你跟山吹是什么关系？为什么要如此执拗地追逐他？"

要是说漏了嘴，有可能会害了艾莉亚。于是我恶狠狠地瞪着桐生，打定主意死不开口。

"好吧，看来你不打算说。既然如此，那我就问问别的。"

"别的？"

"分馆高层套房……只有部分VIP才能进入的特殊楼层中，发生了一起杀人案。"

我听得呆住了。

她说别的事，我还以为是盗窃门卡或弄乱布草推车的事情……这怎么就提到杀人案了？

"那什么，犯罪者专用的酒店不是有必须严格遵守的规矩吗？"

我战战兢兢地问了一句。老板锐利的目光顿时落在我身上。

"不用你提醒……就是有人在我的酒店里杀人，犯了最高禁忌。我定会让那个人付出代价。"

我感到全身的血液都凉了。听他这语气，不论怎么想都是在怀疑我吧。

"不，不是。我什么都没做！我跟那什么杀人案没有关系。"

"既然如此，你为什么要潜入分馆寻找山吹？"

听了老板的问话，我大吃一惊。

"难道……是山吹被杀了？"

如果山吹是受害者，那也难怪他们会怀疑到我头上。说不定他们误会了我的目的，认为我潜入分馆是为了杀害他。

意外的是，桐生摇了摇头。

138

"不，被杀的是土井先生。"

"……土井先生？就是厄客德娜那位？"

这下我更搞不明白了。

土井是盗窃团伙厄客德娜的老大。虽然被他的得力助手山吹架空了，几乎没有实权，但一直深得手下敬重。在我看来，他就是云层上的大人物。

那种人怎么会被杀？

桐生右手搭在捆住我的椅子上。看她好像没怎么使劲的样子，椅子却以一条木腿为圆心，转了一百八十度。

被强制转向后方的我眼前出现了一把长椅。长椅很简陋，只是在一根木头做的细长长方体上安了薄薄的座面。那把长椅被放在一个带滚轮的台子上。

"这长椅怎么了……呃，哇！"

我惨叫一声，险些带着椅子跌倒在地。

因为桐生抬起了长椅的座面，里面竟是一具尸体。尸体的脖子扭曲着，脸已经成了紫色……但我还是能看出来，那就是厄客德娜的土井。

"大约一个半小时前，有人在十四楼的桑拿房发现了土井先生的尸体。死因是颈骨骨折导致的窒息死亡，应该是在进行空气浴时遇害的。"

土井此刻仍是全裸的状态，只有下体盖着一条浴巾。

可是，她刚才的解释中好像没有提到长椅吧。为什么他的尸体被塞进了这么猎奇的东西里？

桐生看着想要作呕的我，露出了苦笑。

"不好意思，吓到你了。这是我们试做的棺材。"

"棺、棺材？"

"酒店规定，多克完成验尸后，就要把尸体放进棺材里。顺带一提，多克是酒店的专属医生。"

"可是，为什么用长椅……"

"我们不希望在酒店内搬运尸体时惊动其他客人，所以想要做点伪装。毕竟我们并不想到处宣扬这里死了人的事情……你眼前的这把长椅是今早刚送来的样品，不过酒店员工都不太看好。"

说话时，桐生的目光始终没有离开我。她可能想观察我看到尸体时的反应，也可能在试探我的口风。

众所周知，土井最近并不关心工作，反倒更热衷于洗桑拿。

不仅如此，虽然他本人没有积极宣传，但已经因为自己的人际而引发了厄客德娜与地狱犬内部前所未有的桑拿热潮。我猜，凶手肯定是看准了任何人在洗桑拿时都会卸下防备，才下手的。

我抬起头，再次瞪向桐生。

"你调查我只会浪费时间。"

"莫非你想说，是山吹杀了土井先生？"

这个爆炸性的发言让我一时哽住了。

不会吧？难道我刚晕过去一会儿，这人就在阿缪莱特酒店里杀人了？

"那、那你们……抓住山吹了吗？"我急切地追问道。

桐生露出了苦笑。

"虽然还没抓到，但是可以肯定，他还在分馆内部。毕竟……山吹逃离分馆的行动已经失败了一次。导致他失败的人，正是濑户先生你。"

是我？

这么说来，我被击中后脑勺之前，确实追着山吹跑进了分馆大门。当时山吹慌慌张张地往回跑，上了直通高层套房的电梯。看来我的行动恰好打断了山吹的逃跑计划。

"那是下午三点多时的事情吧。当时土井先生已经遇害了吗？"

桐生点点头。

"下午两点三十五分，土井先生走进了没有其他客人的桑拿房。七分钟后，山吹也进去了。下午两点五十七分，山吹若无其事地离开桑拿房，走进电梯。"

酒店方似乎把客人进出桑拿房的时间精确到了分钟。我觉得有点不可思议，但很快就反应过来了。

"莫非桑拿房安装了监控摄像头？"

听到我的提问，不知为何桐生露出了为难的表情。

"前台那里有一个。嗯……我不知道该对濑户先生透露多少，不过这也不是对会员保密的事项，应该可以说。"

桐生拉过我旁边的折叠椅，坐下来继续说明。

"为了防止伪造，以及便于确定本人身份，我们这儿的会员证里植入了IC芯片。进入酒店分馆的客人都会被要求出示会员证，这时工作人员会读取芯片信息，准确把握进入分馆的人员。"

即使是我，也认为这样的做法是正确的。毕竟这是一栋严防死守，杜绝外部人员侵入的建筑物。

"除此之外，进入VIP客户专用的高层套房直通电梯之前，以及使用高层套房的桑拿设施之前，都还会被要求出示VIP会员证，并读取芯片信息。"

我突然想起了山吹逃往高层套房时的光景。

进入直通电梯前，山吹跟旁边的工作人员说了几句话。虽然他的手被身体遮住了，但我猜，他当时应该出示了VIP会员证。

为了防止非VIP会员进入，直通电梯入口需要出示会员证，这个我可以理解。让我意外的是，连进入桑拿房竟然也要出示VIP会员证。难道因为任何人在桑拿房都没有防备，才会有这么高级的安全措施？

"对了，直通电梯里没有监控摄像头吗？"

听了我的提问，桐生摇摇头。

"本酒店的经营方针比较特殊。在客人的强烈要求下，我们不得不最大限度地保护入住酒店的犯罪者的隐私。所以客用电梯的内部和客房门前的走廊上都没有安装摄像头。"

"原来如此……"

桐生继续解说案情。

"下午两点五十七分，山吹离开桑拿房。三点零八分，另外一位房客来到了桑拿房，那位客人就是案发现场的第一发现人。濑户先生说不定知道，他就是跟土井有私交的北野。"

用普通企业来举例，土井相当于我所在公司隶属的总公司的老板。跟那种人有私交的人，我怎么会认识。

"补充一下，北野是不从属于任何组织的自由情报人。他以前从未洗过桑拿，所以当时由酒店桑拿设施内的员工引导他进入……二人一起发现了土井先生的尸体。"

土井的尸体躺在空气浴房的沙发上。

他遇袭时应该做出了抵抗，所以周围的桌子被弄乱了，挂在墙上的电波时钟掉落在地，时间停止在两点五十六分。这应该就是行凶时间。

桐生继续说道："北野和桑拿设施的员工进入桑拿房的时间，有VIP会员证的使用记录和前台监控摄像头来双重佐证。

另外，桑拿设施的员工从两点三十五分到三点零八分都没有离开过前台，这点有监控摄像头证明。"

"原来如此……桑拿设施里只有土井先生和山吹两个人，又只有山吹一个人出来了。那确实可以认为是山吹杀害了土井先生。"

考虑到山吹在酒店门口慌忙逃跑的样子，我更觉得一定是他了。

这时，我皱起了眉。

"可是，为什么山吹在见到我之后扭头就往分馆里面跑了？"

当时我已经快被桐生和保安按住了，山吹大可以趁机往外跑。

"应该是因为濑户先生的衣服。"

桐生笑着说完，我也猛地反应过来了。原来，我现在还穿着分馆的员工制服。

"哦，对啊。山吹把我错认成了酒店的员工。"

"山吹看见身穿制服的濑户先生向他冲去，可能误以为自己的罪行暴露，分馆的入口已经被封锁了。所以，他放弃了向外逃走，决定乘坐电梯返回高层套房。"

……真的只是因为这个吗？

当时如果只有我在门口，山吹应该会更冷静地做出判断。而实际上，我的身后还跟着酒店侦探。他一定是认为桐生亲自出来抓他了，才会陷入恐慌。

我轻吐一口气，然后说："应该是……激情犯罪吧。"

山吹刚刚得到衔尾蛇钥匙扣，只需要再等几个小时，他就能得到及川的亲戚支付的巨额报酬。在这种时候，他不可能主动打破阿缪莱特酒店的禁忌。

一直抱臂站在旁边的老板点头道:"山吹和土井先生在厄客德娜内部属于实际掌权者和傀儡的关系,对彼此应该都有想法。也许二者的矛盾突然爆发出来,演变成激烈的争吵,于是山吹一时冲动,犯下了凶案。"

我迫切地看着老板。

"所以,抓住山吹只是时间问题,对吗?"

既然是激情犯罪,山吹肯定只能见机行事,用不了多久就会被抓住。如果桐生他们连钥匙扣也收走了,确实会平添许多麻烦,但也总好过山吹带着钥匙扣消失踪影。

可是,老板和桐生对视一眼,表情沉了下来。

"其实我们遇到了一点困难。我的人已经在分馆内部找了一个多小时,就是找不到山吹的踪影。"

我忍不住瞪大了眼睛。

"啊?你们真的认真找了吗!"

"那当然了。我们发动所有人力,把餐厅等设施、客房和员工专用区域全都找了一遍,还是没找到……山吹就像是突然从这栋建筑里消失了。"

"肯定是漏掉了什么地方。"

"不可能。"桐生尖锐地插嘴道。她绷着脸说:"不仅是用双眼寻找,我们还用能够感应体温的红外线感应装置检查了墙壁和天花板。不可能有漏掉的地方。"

我自暴自弃地笑了笑。

"那不就只剩下最糟糕的结果了吗!山吹躲过了监控,逃离了分馆。"

无论怎么想都只有这个答案,但桐生还是坚决地否定了。

"不,那家伙就在分馆内部……得知发现尸体的消息后,我立刻命人封锁了分馆所有的出入口。那是在山吹乘坐直通电梯逃往高层套房的十分钟后。"

这句话让我动摇了片刻,但我很快反驳道:"反过来说,在建筑物完全封锁之前,他还有十分钟的时间。说不定山吹就是趁着这十分钟逃出去了呢?"

"刚才已经说过了,高层套房只有 VIP 会员能够进入。"

"嗯。"

"而且,为了防止非 VIP 会员闯入,高层套房是无法通过楼梯上下的。另外,直通电梯被设定为只能停在一楼大堂和十楼以上的高层套房区域。工作人员专用的直通电梯也一样,每一部电梯都只能停在大堂和高层套房区域。"

我想了想,然后说:"所以,要离开高层套房区域,就只能先乘电梯到大堂,对吧?"

"没错。在封锁建筑物花费的十分钟时间里,使用客梯和员工专用电梯到达大堂的只有五个人,其中不包括山吹。"

"山吹穿的衣服很显眼。如果他脱掉那件鲜红色的机车外套和夏威夷衬衫,假扮成别人呢?"

"不可能。顺带一提,刚才提到的五个人中,有三个人是这里的房客。他们一直停留在大堂楼层,直到分馆被封锁。通过监控摄像头就能确认他们的行动。剩下两名是工作人员,他们立刻与其他工作人员会合,没有离开分馆。"

听完桐生的阐述,我不得不承认。

"好吧,看来建筑物被封锁时,山吹确实还在高层套房区域。"

"然后,山吹突然从严密封锁的建筑物里消失了……如果不解开这个谜题,我们就没有胜算。"

我也一样。为了艾莉亚,我必须解开这个谜题,夺回衔尾蛇钥匙扣!

这时,有人敲响了办公室的门。

敲门声听起来很收敛,但是我的精神过于紧张,将那个声音无限放大了。

紧接着,戴银边眼镜的男人就走了进来。

一开始我还没认出那是水田。因为他跟初见时判若两人,头发乱糟糟的,脸上也带着难以掩饰的倦容。

水田对老板小声说:"分馆已经封锁了超过一个半小时。刚开始还算配合的客人已经逐渐烦躁起来,工作人员恐怕拦不了多久了,随时都可能爆发大规模冲突。"

我惊得拼命眨眼睛。

仔细想想,这家酒店的房客都是穷凶极恶的犯罪者。现在建筑物被封锁,还真不知道会引发怎样的激烈反应。

再看水田,他身上穿着防弹衣,手里还提着小型冲锋枪……如果不用这种威力的枪械,恐怕起不到震慑作用。

老板蹙眉反问道:"还能坚持多久?"

"三十分钟……不,顶多四十分钟吧。"

说话间,从外面传来隐约的争吵声,似乎已经有人跟工作人员吵起来了。水田用左手捋了一把凌乱的头发,对老板微微一笑。

"那我回去跟客人商量了。"

说完,水田就提着小型冲锋枪消失在了走廊上。

不知不觉,时间已经接近五点。一直看着壁挂时钟的老板喃喃道:"还有四十分钟……山吹在我的酒店犯了杀人的禁忌,我绝不能放走这个罪人。一旦放走他,阿缪莱特酒店的名声就会彻底崩塌……桐生，你应该明白吧？"

老板此前一直很温和的声音变得低沉，散发出犯罪者专用酒店之主的凛冽气势。同时，注视着门口的桐生回过头来。

"有四十分钟，应该够了。"

她说话时面无表情，让我这个旁观者难以分辨那是虚张声势还是真的对自己有信心。她重新坐到折叠椅上，看着我，开口道："铺垫得有点长了。不过，这下想必濑户先生能明白，你跟我们是利害一致的。我们只想尽快找到山吹并抓住他，仅此而已。"

直觉告诉我，她说的是实话。

而且我早就知道了，如果想拿回衔尾蛇钥匙扣，只能跟这个酒店侦探合作。可是……

"我不是不想跟你们合作，是我真的不知道山吹在哪里，也没有掌握能帮上忙的情报。"

见我有气无力地说出这句话，桐生露出了极其暧昧的微笑。

"对于山吹的去处，我并非没有想法，只是有一些细节跟我的推理不太相符。就好像我正在拼一份缺片的拼图。"

听到这句话，我忍不住咽了口唾沫。

"你觉得我的叙述能帮你找到缺失的碎片，是吗？"

"我觉得很有可能。"

现在就是做决定的时刻。

我深吸一口气，决定说出一切。但是要把艾莉亚的名字略过。

"我的目的是夺回一个真皮钥匙扣，而那东西在山吹身上……"

＊

我一口气说了很长时间。

从木庭遇袭，到连着车钥匙、护身符的钥匙扣被夺走，再到我想尽办法潜入分馆，试图拿回钥匙扣。我全都说了出来。

最让我不放心的是，桐生在听我说话的过程中，表情渐渐变得阴沉。我没有勇气问她原因，只能不停地说下去。

说到我藏进布草推车的时候，有人敲响了办公室的门。

来人不是水田。水田敲门时更克制，而现在这个人敲得无所顾忌……难道有房客要闯进来？

我紧张地盯着门口，却看见一个金色头发、气质不羁的男人走了进来。

"检查完了。"

无论看服装还是气场，说话的人都像个牛郎。不过他穿着白大褂，应该是研究者或医生吧。说不定这人就是桐生之前说的酒店专属医生。

"多克，结果怎么样？"桐生黑着脸问白衣男子。

多克闻言，举起了一个小小的自封口袋子，里面装有少量黑色粉末。

"桐生小姐没说错，我在焚化炉里找到了 VIP 会员证的残渣。"

"果然如此……"

一开始我还听不懂这两个人究竟在说什么。老板似乎也还没得知这个消息，露出了诧异的表情。

焚化炉？这么说来，外面确实有传闻，说犯罪者专用酒店里有个能把尸体烧得无影无踪的超高温焚化炉。

想到这里,我突然浑身一震,随即喊了一声:"难道他们说的火葬……是那个意思吗!"

等我回过神来,就撞上了桐生锐利的目光。

"濑户先生,你在哪里听说的火葬这件事?"

"呃,那什么,就是我藏在布草车里面时,恰好在搬入口听见员工在聊这件事。他们说今天有个叫东大路的人去世了……还说他想在分馆安安静静地迎接死亡。"

如果是一般情况,工作人员恐怕不会聊房客的隐私话题。不过那个地方刚好是员工专用的搬运通道,他们也许就没那么注意了。

"当时我还听见这里的员工说:'咱们这儿的火葬太特殊了,连骨灰都不会留下。'所以那位东大路先生,就是用传说中的超高温焚化炉火葬的吗?"

听我说到这里,多克露出了玩味的表情。

"我不太清楚你这个外来者为什么会关心这种事。不过,好吧。东大路先生是在分馆封锁前不久火化的。这些VIP会员证的残渣,就是在他火化完毕后发现的东西。"

多克低头看着装有黑色粉末的塑料袋,继续道:"咱们这儿的焚化炉性能的确很高,但无论怎么烧,会员证芯片的一部分金属还是会残留下来。只要对残留物进行化验,就能知道被焚烧的究竟是普通会员证还是VIP会员证了。"

我低下头,咬住了嘴唇。

我隐约察觉到究竟出了什么事。但与此同时,我也由衷地希望自己的推理不正确。我很想否定这个无情的推理,便以恳求的目光看向桐生,问道:"被烧掉的,是东大路的会员证,对吧?"

"不，东大路先生的会员证已经被我们回收并妥善保管了。不仅如此，我还确认过，建筑物内所有的VIP会员都带着自己的会员证。被烧掉的，是山吹的VIP会员证……"

果然，真相只能是这个。

"所以，事情难道是这样的？东大路在房间内去世后，工作人员将遗体敛入棺中，暂时放置在走廊上。而他们使用的棺材跟这副棺材一样，从外表看不像是棺材。"

我用目光示意装着土井尸体、看起来像一把长椅的棺材。

桐生苦着脸点点头。

"没错。当时有两名工作人员被分配去处理东大路先生的遗体。但是，棺材刚搬到十楼的客房门外，那两个人就被紧急叫到十三楼劝架了。他们劝了大约五分钟，其间棺材一直留在走廊上。"

工作人员解释，因为棺材的外观像长椅，他们觉得短暂离开一段时间不会有问题。

我沉声再次开口道："在工作人员离开的五分钟里，山吹恰好逃回了高层套房区域。那家伙迫切地寻找着藏身之处，然后注意到了放在走廊上的长椅。山吹的专长是偷车，多年的盗窃经验告诉他，长椅里面有藏身的空间。于是他抬起座面，发现里面装着东大路的遗体。"

"最开始他应该吓了一跳，但很快就想到自己可以利用这个情况。我舔舔嘴唇，继续道："山吹认为那口棺材迟早会被抬出分馆，或者……他认为这里可以暂时藏身。于是他躺在遗体上，关上了座面。"

跟尸体躺在同一口棺材里，光是想想就让人毛骨悚然。

不过，很多犯罪者早已对尸体麻木，不再有恐惧和忌讳的感觉了。山吹如果被逼到了绝路，应该会毫不犹豫地做出这样的事。

多克蹙眉，带着一丝怜悯说道："棺材里只能容下一个人，他要跟遗体挤在如此狭小的空间里，还要合上盖子……那里面肯定不剩多少空隙了，甚至连空气都无法流通吧。"

"应该是这样。山吹在棺材里窒息昏迷了，然后棺材被工作人员抬走了。"

眼前这副装土井的棺材就被放在带滚轮的台子上。

东大路的棺材，应该也是用同样的工具进行搬运的。所以，工作人员很可能并没有注意到棺材重量的变化。

刚才桐生说过这样一番话。

建筑物被封锁之前，使用直通电梯下到大堂的人中，有两名是酒店工作人员，应该就是搬运东大路棺材的人了。这种拼图的碎片逐渐归位的感觉，让我感到异常恐惧。

老板喃喃道："然后，活着的山吹就被推进焚化炉火化了。"

在强大的火力中，东大路和山吹的肉体、衣物都被烧得什么都不剩。同样地，山吹的 VIP 会员证和分馆的房间钥匙，还有被他拿走的衔尾蛇钥匙扣，一定也都被烧掉了。

最后剩下的，只有一撮黑色粉末。

这个结局何等讽刺、何等绝望，又是何等的无计可施。

不知不觉，已经五点二十分了。

其实几点都无所谓了，因为我永远没有办法拿回衔尾蛇钥匙扣了。

老板一脸苦涩地看着我。

"连钥匙扣都被烧掉了，我深表遗憾……不过，这下山吹消失之谜解开了，我必须尽快解除分馆的封锁。"

这时，一个带着苦笑的声音响起。

"不，山吹没有被火化。"

所有人同时看向发出声音的桐生。我一着急，说出了在场之人心中的疑问。

"那山吹在哪里？"

"听完濑户先生的描述，我已经很确定了。山吹不在分馆里。"

她这句话颠覆了之前的所有。我甚至忘了自己被捆在椅子上，拼命探出身子。

"那……那他是逃出去了吗？所以钥匙扣可能还在，是吗？"

桐生扶起险些要带着椅子倒在地上的我，不知从什么地方掏出一把匕首，割断了捆绑我的绳子。然而，她的表情变得比之前还要阴郁。

"最残忍的事情就是留下不可靠的希望，所以我直接说事实吧……我不知道钥匙扣在哪里，但它极有可能跟着山吹的会员证一块儿被烧掉了。"

"怎么会……"

我顿时忘记了被绳子弄疼的手腕，当场跌坐在地。桐生变回面无表情的模样，像是自我劝说般开口道："想要搞清楚事情的全貌，只能继续推理。"

桐生低头看着土井的尸体，现在他还是下半身裹着浴巾的模样。

"空气房里的电波时钟停在两点五十六分，假设这就是行凶时间，那就意味着土井先生于两点三十五分进入桑拿设施，五十六分就出来做空气浴了。"

"这有什么奇怪的吗?"我条件反射地问道。

我不那么了解桑拿,但是因为地狱犬内部也受到了桑拿热潮的影响,我知道蒸桑拿的基本步骤是"汗蒸→洗浴→空气浴"。假设土井先是脱掉衣服清洗身体,那么从时间上说,那时他出现在空气浴房并不奇怪。

桐生眯起了眼睛。

"不自然的是山吹的行动。行凶时间是两点五十六分,而他面不改色离开桑拿设施、走进电梯的时间是两点五十七分……他在一分钟的时间里,不仅杀了人,还穿戴整齐走了出来,你觉得可能吗?如果是激情杀人,山吹的情绪应该还处在极其亢奋的状态。"

"有、有道理。"

不知想到了什么,多克咧嘴一笑。

"山吹在桑拿设施里没脱衣服,这样就能省去穿衣服的时间了。"

我还以为多克在开玩笑,却见桐生认真地点了点头。

"没错。山吹必须在行凶后以最快的速度逃离分馆,所以他没有在桑拿设施内脱衣服……他打从一开始就没打算蒸桑拿,进去只是为了杀害土井先生。"

我忍不住惊叫出声。

"等等,他不是激情杀人吗!毕竟他都被监控摄像头拍到了,还被前台的工作人员看到了呀。怎么会有人制订这么蹩脚的计划呢?"

"其实你说的这些,也是有计划的。"

桐生这么说道,但我怎么都无法接受。

"如果他的目的仅仅是杀害土井先生,那他应该一进去就动手,不是吗?他进入桑拿设施的时间是两点四十二分,只比土井先生晚了七分钟……可是,他为什么拖延了整整十五分钟才动手?"

"因为他很讨厌汗蒸房和洗浴房的闷热潮湿,所以,他要等到土井先生移动到凉爽的空气浴房,再动手。"

"哈?"

见我瞪大眼睛,桐生露出了一丝同情的神色。

"濑户先生你不久前戴着黑色假发狂奔了那么久,也算是亲身体会过了不是吗?犯罪界很流行一句话——汗水与变装犯冲。"

下一个瞬间,我感受到了比被人敲晕时更强烈的冲击。

"他不想出汗,所以避开了高温潮湿的环境?难道杀害土井先生的……是伪装成山吹的别人?"

桐生理所当然地点了点头。

"真正的山吹穿着红色机车外套和夏威夷衬衫,扎眼得让人想笑。有这么明显的特征,伪装起来自然很简单。"

黑框眼镜、络腮胡、头盔形状的褐色头发和严重磨损的木屐……我之前把山吹的这身打扮称作时尚突变体,这也证明他身上最显眼的就是服装。

"可是那个凶手身上有VIP会员卡吧?在读取芯片时也确认了是山吹本人的会员卡……"

我自以为找到了推理的漏洞,桐生却忍不住笑了。

"不是濑户先生自己告诉我的吗?"

"啊?"

"真正的山吹穿着一身可笑的衣服,那是他故意为之,好方便别人伪装成自己。而他干活时还有另外一个身份,那就是木庭有麻。"

怎么会这样？木庭才是真正的山吹？见我无言以对，桐生看向远处，接着说道："其实山吹并不打算隐瞒自己就是木庭的事实，因为木庭有麻写成'KIBA YUMA'，换一个顺序就是山吹的'YAMABUKI'了。"

这下，我彻底无话可说了。

原来盯上那二十亿日元遗产，从艾莉亚手上骗走钥匙扣的人，打从一开始就是山吹。他伪装成外观不起眼的"木庭有麻"接近艾莉亚，然后带着赚点外快的心情向艾莉亚勒索五百万日元，并唆使及川家的亲戚搞突击检查。

而我并没有意识到那就是山吹，一心以为木庭是另一个不怀好意的人。

桐生叹息着继续道："说到底，假山吹绑架木庭，也就是绑架真山吹的目的，并非那个钥匙扣。杀害土井的真凶的目的，是袭击真山吹夺走VIP会员证，然后利用会员证，将杀害土井的罪名嫁祸给山吹。"

一旦在阿缪莱特酒店发生杀人案，酒店侦探就会出手调查。想躲过调查，确实只能另找一个替罪羊，让酒店方去追击。

"原来是这么回事吗……"

桐生郑重地点点头。

"真凶假扮成山吹入住了酒店分馆。因为他的打扮太有特征，而且出示了VIP会员卡，所以前台并没有发现他是假扮的。"

回想起来，假山吹进入分馆时，水田和保安的注意力好像都集中在我这个擅闯者身上。这也许是假山吹能顺利入住的另一个原因。

桐生继续道："接着，真凶紧随土井先生进入桑拿设施，待其来到空气浴房后将其杀害。之后他迅速逃离，企图在尸体被发现前离开分馆。

"进行这一切行动时真凶都伪装成山吹的样子，从酒店查到的VIP会员证使用记录和监控视频上，都只能看到是山吹杀害了土井。只要能成功逃离分馆，真凶就不会被怀疑。"

我不禁苦笑着说道："但是假山吹被我吓到了，只能逃回分馆。"

"正是如此。真凶以为土井的尸体提前被人发现了，酒店方迅速封锁了大门，准备抓住山吹。不得已，他只能放弃逃跑，暂时躲了起来，并卸下山吹的伪装。"

"他想恢复本来面目，躲过酒店方的追踪吗？"

桐生顿了顿，目光骤然锐利起来。

"如果想快速逃跑，乘坐前需要出示VIP会员证的直通电梯前往高层套房区域显然是下策。因为能进入那个区域的人非常有限，一旦有事发生，更容易被锁定……所以，真凶本应该逃往低层套房区域才对。"

听了她的话，我不由得瞪大眼睛。

"可是，真凶并没有走进低层套房区域专用的电梯，而是中途改变主意，去了高层套房，对吧？我看他似乎有了别的想法。"

老板抱着胳膊插嘴道："真凶不是假扮成山吹，入住了十二楼的房间吗？他会不会想逃进自己订的1209号房，在里面卸下伪装？"

桐生毫不犹豫地否定了这个可能性。

"真凶误以为我们在追踪山吹，自然会想到山吹的房间要被搜查。所以他应该会避开那个房间所在的十二楼，和行凶现场所在的十四楼。"

所有人都沉默了，看起来满心困惑。因为大家都想不通，为什么真凶会选择逃往对自己更加不利的高层套房区域。

不一会儿，桐生竖起食指说："首先，假设真凶是酒店工作人员，那他前往高层套房区域是否有优势？工作人员很熟悉馆内哪些是空房、哪里有无人进出的厕所，以及仓库等地在哪里。而且正在当班的人通常持有客房的万能钥匙。如此一来，他可以选择的躲藏地点很多，没理由非要跑去相对不利的高层套房区域。"

"也就是说，真凶并非工作人员，而是酒店的房客？"

听到我的问题，桐生轻笑一声。

"如果是酒店房客，选择高层套房就可能有优势。比如，真凶事先用自己的真实身份入住了高层套房。"

确实，如果真凶是房客，那他可以逃进用真实身份开的房间，在那里慢慢卸下伪装。

想到这里，我倒吸了一口气。

"话说回来，东大路的棺材停放在十楼的走廊上，对吧？"

既然焚化炉里发现了VIP会员证的残渣，那就证明真凶把山吹的会员证放进了棺材里。

桐生点点头回答："当时真凶急匆匆地赶往自己的房间，想尽快卸下伪装，所以应该没时间跑到别的楼层……由此可以推断，那家伙的房间应该在十楼。真凶乘电梯径直去了十楼，碰巧看见了停放在走廊上的东大路先生的棺材。"

我想象着那个光景，忍不住抖了抖。

"就算真凶能够卸下伪装，山吹的VIP会员证和1209房的钥匙也还在身上。当时那家伙恐怕正在发愁该怎么处理掉那些东西，包括变装用的红色机车外套。"

真凶没能逃出分馆，应该很害怕酒店方会来检查行李。

如果只是伪装用的假发，大可以随便找个借口搪塞过去。可是山吹的会员证、房间钥匙和机车外套就不一样了，那些东西对真凶而言，无疑是最致命的证据。

多克把装着黑色粉末的塑料袋放在桌上，然后低声说道："真凶发现了东大路先生的棺材，想必觉得这是个处理掉不利证据的大好机会吧。那家伙可能觉得，被酒店的焚化炉一烧，所有东西都会消失得无影无踪。"

桐生注视着那些残渣，点了点头。

"恐怕是的。就算运气不好，火葬前有人开棺，也可以解释为山吹本人逃走时扔掉了会员证和显眼的衣服，不会让真凶遭到怀疑。"

多克突然苦笑了一下。

"结果东大路先生的棺材再也没有被打开，直接就火化了。里面的VIP会员证和房间钥匙也跟着被付之一炬。"

听到这句话，我垂下了目光。

因为这下我总算知道，桐生为什么说"钥匙扣极有可能跟着山吹的VIP会员证一块儿被烧掉了"。真凶这么做的目的是处理掉"山吹"的东西，所以，从山吹手上抢过来的钥匙扣自然也会被放进棺材里。

桐生再次开始叙述，准备给推理收尾。

"这里说的棺材，外形是长椅的模样。一般人看到走廊上摆着一把长椅，只会视而不见地走过去吧？当时真凶想要尽快回到自己的房间卸下伪装，要是在走廊逗留，说不定会被人看见。"

确实。如果不是正在仓皇寻找藏身之处的人，应该不会去查探走廊上多出来的东西。

老板困惑地插了一句:"难道真凶知道长椅其实是棺材?"

"不仅如此,那家伙还冒着被看见的风险在走廊上逗留,把VIP会员证等物品塞进了棺材。所以,他还知道那口棺材马上要被送去火化,并且确信只要一切顺利,所有证据都会消失。如果没有那样的确信,凶手就不可能干那种事。"

桐生的回答让老板直摇头。

"不可能。长椅外观的棺材是今早才送过来的样品啊,酒店的房客怎么会知道这个设计呢?"

桐生没有回答,而是在侧耳倾听。

老板没有发现她的异样,继续说道:"而且东大路先生要求不被任何人打扰,安安静静地迎接死亡。我们在服务时也尽可能满足了他的要求。他去世的消息,除了工作人员,没有其他人知道……"

这时,走廊上响起了叫骂声。

听到渐渐逼近的怒吼,我忍不住绷紧了身体。这时我才发现,水田刚才来汇报时说的四十分钟已经过去了。莫非……酒店员工已经控制不住房客了吗?

情况明明很紧迫,桐生却满脸笑容地站了起来。接着,她半截身子探出门外,对着走廊招了招手。

"你好啊,西尾先生。专门跑到这儿来投诉啦?"

我吃了一惊。

因为我记得西尾这个名字。对了……刚才我藏在布草车里,听搬运的员工说起过这个名字!

走廊上突然陷入死寂。下一刻,就只听见桐生的脚步声和含笑的声音同时响起。

"你为什么这么着急呢?让我觉得你好像急着逃出分馆呢。"

桐生出到走廊的瞬间，我透过门缝瞥见了一个年轻男人的身影。那张俊俏的脸因为恐惧而变得扭曲苍白。

他就是西尾吗？

我记得搬运员工说，今天一早，他扶起了在房间里倒下的东大路。为此，东大路还感激地说："在人生的最后一刻，能被隔壁房的帅哥扶起来，也算是一场美好的回忆了。"

既然住在东大路的隔壁，那么西尾也是十楼的房客。

他帮了东大路，并得到了感谢，所以酒店员工应该会向他透露一些事情。比如东大路去世了，又比如东大路的遗体已被敛入棺材，准备在酒店内部进行火化。

没错，西尾这个人……符合真凶的所有条件。

*

"不好意思啊，刚才检查西尾的随身物品花了点时间。"

桐生回到办公室时，是近十分钟之后了。

我并不知道在这段时间里，走廊上发生了什么……

我返还分馆员工制服时，听见门外传来什么人叫嚷着被带走的动静。不过身在犯罪界，很多事情不宜过多思考，还是尽早忘掉为好。

分馆的出入口好像已经解封了。

紧张的气氛彻底散去，走廊上传来松了一口气的人们的闲聊声。老板早已离开办公室，应该是去善后了。原本留在室内的多克在桐生进来后，也推着土井的棺材出去了。

现在，办公室里只剩下我和桐生二人。

"那……钥匙扣呢？"

我带着平生最诚恳的祈愿，看向桐生的手。

她握着车钥匙和一个红色布袋款式的护身符，以及那个衔尾蛇钥匙扣。我身子一软，跌坐在椅子上。

"啊，太好了。"

"西尾把车钥匙和钥匙扣都留下了，你真走运。"

说着，桐生便动手将钥匙扣拆下来，但是很不顺利。双重环扣似乎很是坚硬。看着她有点艰难的拆卸动作，我的内心不禁涌出一股亲近感——原来，这个酒店侦探也是普通的人类啊。虽然我以后再也不想与她为敌了。

我看了一眼壁挂时钟。

现在是五点四十五分，应该能赶上突击检查。我得立刻联系艾莉亚，让她早些放心。

摆弄了大约三十秒，桐生终于解开了钥匙扣。她留下车钥匙，把别的东西递了过来。

"给，这是濑户先生的。"

"谢谢你。我真的不知道该怎么感谢你才好。"

我深深鞠了一躬，然后接过钥匙扣，低头一看，顿时心生困惑。因为她递过来的不只是钥匙扣，还有一个红色的护身符。

我意识到她好像误会了什么，连忙解释道："啊，我刚才没说清楚。我想要的只是这个真皮钥匙扣，不包括这个护身符……嗯？"

话说回来，跟山吹的车钥匙拴在一起的，好像是个蓝色的护身符吧？可我手上的这个却是红色的。

桐生看着护身符，眯起了眼睛。

"那是阿缪莱特酒店分馆的会员证。"

"什么？"

我一直以为会员证是卡片形态的，闻言顿时呆住了。桐生可能觉得我的表情很滑稽，忍不住笑了起来。

"这次的案子如果没有濑户先生提供的信息，恐怕很难解决。所以这个会员证是老板和我给你的谢礼。当然，要不要用是你的自由。"

说着，桐生便领着我走出了办公室。

穿过走廊时，我一直盯着手上的东西。红色布袋上写着"家宅安全"四个字，无论怎么看都是个普通的护身符。

"为什么会员证是护身符形状的啊？"

"因为我们酒店的名称'阿缪莱特'就是护身符的意思。而且设计这幢建筑时，也按照老板的喜好做成了护身符的形状。顺带一提，红色是普通会员，蓝色是VIP会员。"

闻言，我感到浑身的血液瞬间倒流。

"那也就是说，原本跟山吹的车钥匙拴在一起的护身符，其实是酒店的VIP会员证？"

桐生看着前方，点了点头。

"是啊。所以刚才我才会说，VIP会员证极有可能跟钥匙扣一块儿被烧掉了。因为那两样东西都跟车钥匙连在一起，既然其中一样被烧了，另一样恐怕也难逃相同的命运。"

我注视着手中的钥匙扣。上面的序列号跟艾莉亚告诉我的一致，而且还有衔尾蛇的图案，无疑是正品。

"太不可思议了……为什么西尾唯独留下了钥匙扣和车钥匙？"

我还以为桐生回答不上来，没想到她毫不犹豫地开口了。

"我猜，应该是两个原因造成的。"

"两个原因？"

"本来，西尾应该是打算继续伪装成山吹离开分馆，然后杀死事先绑架来的真山吹，并伪造成自杀或事故。如此一来，他不仅能把所有罪名都嫁祸给山吹，还能封住他的口。而酒店方发现嫌疑人已死亡后，也只能放弃调查。"

我不禁露出苦笑。

"确实很有可能啊。"

把谋杀伪装成内讧，西尾就不必担心自己遭到怀疑，又能一口气除掉厄客德娜的老大和幕后支配者了……也许，厄客德娜的实力被削弱，能够让西尾获得巨大的利益？又或者他是受了能够得利之人所托，充当杀手？

但我并没有细问。因为好奇心会害死猫，知道得太多不一定是好事。

不知桐生是否猜到了我的想法，点了好几下头后继续道："接下来就是我的猜想了。西尾可能打算让真山吹在自己的爱车中'自杀'。至于理由，可以是'山吹在逃跑途中不慎腿部骨折，自知逃不掉了，干脆自行结束生命'。大家都知道山吹十分珍视自己的爱车，只要伪造出一个他在那辆车里自杀的现场，应该会很有说服力。"

我也听说过山吹为了保护爱车不被炸弹损坏而受了重伤的事情。要是在不知情的情况下听说他选择在爱车内自杀，还真的会觉得这么做很符合山吹的性格。

桐生摇晃着车钥匙，继续道："这应该就是山吹那辆爱车的钥匙。西尾虽然没能成功逃离分馆，但他认为封锁建筑物的行为肯定持续不了多久，所以他暂时保留了车钥匙，准备在解封之后继续实施伪造山吹自杀现场的计划。"

虽然离开酒店时很可能会有被人搜身的危险，但光看车钥匙，谁也认不出那究竟是谁的车。所以，西尾就赌了一把自己能轻松通过检查。

"可是……他也没必要留着钥匙扣吧？"

我蹙眉反问，桐生眼中闪过了笑意。

"关于这一点，你得感谢钥匙扣。"

我盯着衔尾蛇钥匙扣看了好一会儿。

"我要感谢它？"

"准确来说，是感谢那个双重环扣。"

听懂她的意思后，我忍不住笑了。

最开始我打算从木庭身上偷走钥匙扣时，还觉得这个环扣很麻烦。刚才桐生把车钥匙和钥匙扣分开也颇费了一番功夫。连她这么厉害的人，也花了整整三十秒。

当时，西尾身在随时可能被人看见的走廊上，自然不能久留。

时间那么紧迫，他开始考虑被检查随身物品的风险……然后，他先把跟车钥匙连在一块儿的蓝色布制护身符（山吹的VIP会员证）扯断，扔进了棺材。这个动作只需一瞬间就能完成，反倒是衔尾蛇钥匙扣非常麻烦。西尾当然想尽快把车钥匙跟钥匙扣分开，但是并不如愿，只能放弃了。

确实……这个双重环扣极大地改变了命运的走向，并拯救了艾莉亚。

看来，这钥匙扣真的能给人带来好运。

Episode 3 泰坦的谋杀

"没错，对我而言，这家酒店就是一切。"诸冈攥着万宝路烟盒，低声喃喃道。然后他突然笑了起来，注视着我。

"抱歉啊，桐生。让你……受了不少苦。"

这里是阿缪莱特酒店的分馆。

这是一个不会有警察前来调查的地方。只有具备会员资格的犯罪者，才能进入酒店分馆。而诸冈是这家特殊酒店的所有者，我的直属上司，也是创造了阿缪莱特酒店的人。

"如你所知，这家酒店有两条绝对不能打破的规矩。"

我开了个头，就见诸冈笑了起来。

"我当然知道。

"一、不破坏酒店。

"二、不在酒店范围内伤人害命。

"毕竟这都是我亲自想出来并定下的，已经像我的血肉一样熟悉了。"

只要严格遵守这两条规矩，并支付相应的代价，酒店分馆的房客就能得到他们想要的任何服务。比如只需给前台打个电话，就能得到做工精巧的假钞、内藏日本刀的手账，甚至一整个由退伍特种兵组成的保镖队。

这里是被规矩守护的犯罪者的乐园。

我强忍着心中的悲痛，继续道："现在，这里有人破坏酒店的规矩，犯下了杀人案。我作为酒店侦探，必须亲手处置罪犯。"

不，"处置"这个词还是太轻了。

我的工作是调查酒店内发生的案件,并让凶手付出代价。杀人者偿命,以眼还眼,以牙还牙……

诸冈眼神空洞地点了点头。

"阿缪莱特酒店之所以能保持这种微妙的平衡与秩序,是因为'绝对不变的两条规矩'和'酒店侦探的存在'。正因为有了这两点,才能控制住那些只要一有机会就自相残杀的犯罪者。一旦哪一方出现了破绽,这家酒店就会走向崩溃。"

说出这番话的诸冈似乎在短短几个小时内衰老了许多。尽管如此,他还是毅然决然地继续道:"所以,你不能容许任何例外发生。即便……那个凶手是我。"

我闭上了眼睛。

——不对,老板不是凶手。

可是现场的情况无情地指向了"除诸冈以外无人有机会行凶"。

我相信老板是无辜的。正因如此,我才在调查中用尽了全力。只可惜……我还是没能打破这令人绝望的局面。

这都怪我能力不足。

——真的吗?如果老板真的是无辜的,那他为什么不说出全部实情?

心底涌起了疑念。也许是看出了我的纠结,场内要求"立即处置诸冈"的声音骤然变得更响亮了。

我不能再犹豫了。

我必须做出选择。到底要不要遵守绝对不变的规矩,履行酒店侦探的职责……处死阿缪莱特酒店的创造者,也是等同于这座酒店本身的……我的恩人诸冈。

*

那一天,充满了特殊情况。

首先是封闭区域解封了。

阿缪莱特酒店分馆的十五楼,有一块一直封锁的区域。今天一早,诸冈亲自将那两个房间,包含洗手间的区域解封了。

其次,"七巨头"受到邀请,齐聚酒店分馆。

七巨头由犯罪界的顶级人物组成,他们分别是武器走私王、赌王、诈骗王、毒品王和黑会计。这个组织以"七"为名,如今却只有五名成员,那是因为成立以后陆续空出了两个席位。

将我养大的道家曾占据其中一个席位。

道家生前被称为犯罪计划王,策划过无数个将不可能变为可能,手法甚至堪称艺术的犯罪计划。他所占据的席位至今仍空缺着,是因为道家一直独来独往,没有培养过继承人,也因为他的壮举没有任何人能够模仿。

但是道家把我捡了回去,还抚养我长大了。

——只不过这养育之名只是表象,在我当杀手的时候,道家老爷子也是最折磨我的那个人。

如今,道家已经因为肺癌去世了好几年。大约五年前,他病倒后住进了医院,之后就再也没有好起来,直接卧床不起,最后离开了人世。

另外一个空缺的席位,属于强盗王。

过去是一个叫米本的犯罪界巨擘占据着这个席位,但我听说他也在五年前患急病离世,手下的组织则被诈骗王吸收了。

犯罪界众人的平均寿命只有五十年。

就算是位列七巨头的大人物,若不小心行事,也可能因为敌对组织的袭击或自己人的背叛而殒命。在这个世界，几乎没有人能寿终正寝。

封闭区域被解封，自然与犯罪界的"王"齐聚酒店分馆不无关系。

我打了个哈欠，嘀咕道："时隔五年的……投资人大会吗？"

水田立刻小声回答："也对，桐生是第一次参加泰坦会议吧。"

水田是酒店的老员工，从开创之日起就负责前台。诸冈十分信任他，而我今天则要跟他一起负责这个泰坦会议，也就是阿缪莱特酒店"出资人大会"的警备。

"泰坦也被称为提坦，是希腊神话中登场的古老巨人神族的名称吧？"

水田推了一下树脂框的眼镜，点了点头。

"没错，七巨头在犯罪界都有巨人的别名。现在所有成员齐聚一堂，跟老板一起商讨酒店的经营方针，所以叫泰坦会议也不夸张。"

这家酒店的创立者，是诸冈。

他年轻时是一名犯罪实业家，其手下的走私业务在鼎盛时期可以说遍布全国。当时他已经获得了庞大的财产，但还是无法仅凭一人之力创造犯罪者专用酒店。

我叹息着继续道："毕竟七巨头是酒店的最大出资方。他们既是客户，也是合作者啊。"

阿缪莱特酒店，是犯罪者的乐园。

在这里可以搞到各种武器，甚至卢浮宫的警备信息。能做到这个地步，主要依靠诸冈以前构筑起来的人际关系，还有七巨头的物流网和信息网。

犯罪界虽大，但能对这家酒店的经营方针置喙的，也只有七巨头而已。

"不过，我真没想到，被封锁了整整五年的地方，竟然是泰坦会议的会场。"

此刻，我们就在那个被封锁的区域中。

这个区域的会议室被称为"泰坦厅"，是一间行政套房，基本上只用于召开投资人大会。也因如此，自五年前的泰坦会议之后，这里就被严密地封锁了。

我与水田在会场内部的走廊上待命，负责警戒出入口。因为泰坦厅的隔音性很好，我们完全听不见里面的对话。

水田低头看了一眼手表。

"休息时间快结束了……下半场应该要开始了吧。"

时间是下午五点半。

——投资人大会在下午三点开始，预计在晚上七点半结束，现在总算过了一半。

这里的警备任务，应该算是闲职。

从今天早上开始，会场所在的楼层就禁止一切无关人员进入，连电梯都改了设定，不再停靠这个楼层。我们正在监视的走廊上，一个人都没有。

尽管如此，水田还是难得地露出了坐立难安的表情。

"有什么奇怪的地方吗？"

我问了一句，他只是含糊地笑了笑。

"不……我只是想起了上一次会议。五年前那次会议的休息时间，我还要给各位投资人端茶倒水送蛋糕，可忙了。"

——他应该是在说谎。

水田这个人，面对普通事态向来都能保持头发和服装丝毫不乱的淡定，而他现在如此慌乱，显然不是小事。

然后，水田自言自语般继续道："不过这次还是别有什么蛋糕盘了，毕竟我可不希望出现多余的谜题。"

他的话语实在太有深意，让我很是困惑。阿缪莱特酒店的蛋糕盘都是扁平的白色大盘子，直径约有二十厘米。

——蛋糕盘有什么问题吗？

我还想往下问，却被水田抢了先，试图转移话题。

"桐生应该知道吧，这次的投资人大会并不是出于酒店意愿召开的。"

"哦，强行要求召开会议的人是笠居先生吧。"

笠居是七巨头之一，拥有武器走私王的称号。

他以前是诸冈的手下，诸冈不再当犯罪实业家后，笠居几乎接收了他的全部地盘。能被选为继承人，他们以前应该很相信彼此吧。不过现在……

水田凑到我耳边，继续道："那你知道笠居先生强行要求召开大会的理由是什么吗？"

"我猜到了。笠居想在泰坦会议上提议关闭阿缪莱特酒店，还准备一口气决定下来。"

如果这家酒店被关闭，包括我和水田在内的酒店员工就会失去犯罪界的庇护，被迫流落街头。

不过，我更担心的，其实是诸冈。

他曾经公开宣称"阿缪莱特酒店是自己的一切"，现在又怎么可能接受这个他人单方面提出的关店提案呢。

我注视着出入口左侧通往泰坦厅的门。

——老板在犯罪界拥有的人脉是顶级的，应该不会轻易输给笠居。

同时，我又没来由得感到伤感。

"促使笠居先生做出这种事的原因，恐怕是那个案子吧……"

"嗯，有可能。"

三个月前，酒店分馆里发生了杀人案。

杀人这种事在犯罪界并不少见，但不幸的是，当时死在枪下的人，是笠居最爱的妻子和女儿。

我当天就查出了凶手，并将其擒获。只可惜，侦探在这种时候总是姗姗来迟。无论我用多快的速度解决案子，让凶手受到什么样的惩罚，都无法让已逝的生命重新活过来。

那天笠居说的话，我至今记忆犹新。

"阿缪莱特酒店的确是被绝对不变的规矩保护着的安全地带。可是，你们没有发现吗，那些规矩，和这家不正常的酒店的存在，反倒激发了犯罪者内心深不见底的犯罪欲望，促使犯罪手法不断升级，甚至脱离常轨。"

我不禁苦笑起来。

——真是太讽刺了。以前我作为"杀手艾瑞波斯"，一心只想着如何更有效地夺走任务目标的性命。现在，我却因为这种话而动摇了。

"不管怎么说……此时此地，应该不会发生什么案子。"我几乎是下意识地低语道。

依照诸冈的指示，我们为这次的泰坦会议设置了各项安保措施。

首先，严格限制能够进入会场区域的人员，只有诸冈、七巨头的五名成员，还有负责警备的我和水田，共八人。

别的工作人员都被分配去会场外围进行警备了。加上在其他楼层的电梯厅和逃生梯里警备的工作人员，总人数超过了五十人。

——这下应该能够应对外部的袭击了。

剩下的危险，就是泰坦会议与会者之间因争斗发生死伤的情况。不过，这一次，风险被控制到了很低的程度。

我用只有水田能听到的音量说："毕竟参加会议的人全都通过金属检测器的检查了。"

决定要召开泰坦会议后，诸冈立刻做出了禁止与会者携带金属物品进入会场的决定。

当然，包含金属部件的手机和腕表都不能例外。

会场入口前方设置了金属检测门和 X 光检查装置，甚至准备了小型金属探测器。所有装置都是最高性能的，能够检测出铝等没有磁性反应的金属。

这个条件被写在了邀请函上，酒店方还事前单独通知了每一位与会者。

为此，与会者会在入场前把自己的手机和腕表交给手下保管，并在会议当天穿着不含金属制品的服装。顺带一提，今天负责警备的水田也戴了不含金属零件的眼镜。

话虽如此，仍有一些金属制品被视为例外，能够带入会场。

比如残留在体内的弹片，人造关节等医疗时使用的且难以拆卸的金属配件，这些都不可能说不携带就不携带。关于这点，也都事先通知了与会者……结果，只有一个人适用这个例外。

那个人就是老板。

大约十五年前，诸冈卷入了与华国黑帮的争斗，导致左腿受伤，膝盖以下被切除。那以后，他的左腿用的就是假肢。

其实我是来到这家酒店工作以后,才知道诸冈使用了假肢。

他一定付出了许多努力,才完成了复健吧。现在,诸冈操纵假肢已经如同操纵自己的身体一样熟练。尤其在步行方面,只要不是理疗师或医疗相关从业者,恐怕都看不出来他使用了假肢。

另外,我们这些负责警备的人也携带着金属制品进入了会场,不过都是为了工作需要。具体来说,就是带着手枪、腕表、无线对讲机和小型金属探测器。

我扶着别在腰上的手枪,继续道:"除了老板的假肢和我们身上的手枪,可以肯定会场内没有别的金属制品了。"

我如此断言并非无凭无据。

就连打开封闭区域进行清扫时,诸冈都担心有人从外部携带手枪和匕首等武器藏匿其中。所以,他请了酒店工作人员中最值得信任的"清扫小队"来完成这个工作。

"清扫小队"的一项业务就是清扫案发现场。无论是多么惨不忍睹的房间,或者留下了诸多证据的房间,这些专业人士都能在一个小时内清扫干净。

甚至在清扫小队打扫会场时,诸冈也让人搬来了平时放在地下搬运通道的X光检查装置,进行了严密的检查。比如清洁工具中是否藏了物品,带进会场的工具是否全数带出。

水田小声嘀咕道:"对啊。清扫小队做完清洁后,我自己也用金属探测器把整个会场扫了一遍,就是为了不遗漏任何可疑物品。"

这些都是依照诸冈的指令做出的行动。

这几天来,诸冈变得有些神经质,对我们提出的戒严要求只能用"金属恐惧症"来解释了。

这时，水田有点犹豫地继续道："不过，要说这样是不是能确保会场的安全……"

"嗐，无论想什么办法，都不可能彻底排除会场内所有能够成为武器的东西啊。"

成了一流的杀手之后，目之所及的任何东西都有可能成为武器。有的高手甚至用一根领带摧毁了敌人的整个据点。

"但你也不用太过担心。七巨头里面既没有杀手也没有打手，关键在于，在这种地方生事，本来就不符合七巨头的风格啊。"

七巨头的所有成员都是所谓的智慧型罪犯。可以说，这些人都与冲动无谋的暴力伤害无缘。

我继续道："就算他们之中有人心怀杀意，也不会在泰坦会议这种'封闭空间'内作案。如果在这种地方引发事端，嫌疑会立刻锁定在与会者身上，甚至没有时间处理残留的证据。"

"不过，谁也不知道案子会发生在什么地方啊。"

水田的话确实没错。

事实上，阿缪莱特酒店也曾发生过"封闭空间"内的案子。

比如之前的某场颁奖典礼上就发生过毒杀案。当时舞台上的人都在观礼宾客的监视下，从某种意义上说，那个舞台就是个与外部隔绝的"封闭空间"。

尽管如此，凶手还是在舞台上杀人了。

当然，凶手并非毫无理由地作案。因为受害者是个极致家里蹲，如果不抓住颁奖典礼这个时机，就很难将其杀害。

——但是，这次的情况不一样。

首先，诸冈和七巨头都不是那种足不出户的人。

其次，泰坦会议结束后，还安排了一场七巨头的手下也能加入的聚会。酒店楼下的派对区域正在为那场聚会做准备。

我眯起眼睛，喃喃道："万一七巨头中有人正在策划什么计谋，也应该会把行凶地点定在酒店外部……或者至少是聚会现场。因为这样更……"

突然，会场内传出一阵骚动，紧接着，走廊拐角的另一头出现了一男一女。

女明星杜女士朝我招了招手。

"酒店侦探，你快过来。"

拥有毒品王称号的杜女士唇色发青，带着一抹灰色的眸子深处藏着强烈的动摇之色。我忍不住倒吸了一口气。

"莫非出事了？"

杜女士旁边的男人是相羽，他脸色铁青地点了点头。

"笠居被杀了。"

*

我用无线对讲机联系了负责会场外部警备的工作人员，示意他们加强会场出入口的警戒。如此一来，就不必担心凶手会趁机逃出会场了。接着，我又叫酒店的专属医生多克立刻进入会场。

然后我看了一眼腕表，正好是下午五点三十五分。

杜女士穿过走廊，抬起涂抹了紫色指甲油的手指，示意前方的房门。

"现场在那个休息室。"

杜女士有一头绢丝般的白色短发。考虑到她才六十多岁，也许能算得上早早地白了头。她的着装很有个性——上身穿黑色皮夹克，脖子上裹着一块污渍很明显的丝巾。

号称毒品王的她，掌控着国内的毒品流通。在这家酒店交易的毒品和药品，全都是通过杜女士的组织获得。

她旁边的相羽开口补充道："休息时间结束后，我们打算继续开会。但不知为什么，笠居没有回来。于是我们决定去休息室看看，结果发现了他的尸体。"

跟不修边幅的杜女士不同，相羽穿着一身高档燕尾服。

打扮成这样来参加会议，真要说起来也挺不合时宜的。不过这其实是他的日常打扮。此人已经快五十岁了，看起来还很年轻。

相羽被称为赌王，掌控着国内所有的地下赌场。

不，这样描述只能体现出相羽的一个侧面。他手下组织的主要收入来源是为富人阶层和犯罪者会员提供最刺激的"赌博"。

他是个优秀的表演策划者，还兼任这家酒店娱乐方面的策划人。分馆内的泳池、桑拿房和赌场都是相羽设计的，他还为酒店专门开发了"菠萝与跷跷板"这个赌博游戏，非常受欢迎。

"各位，我把酒店侦探带来了。"

相羽说着，走进了休息室。泰坦会议的与会者都聚在里面。

第一个看过来的是诸冈。他的嘴巴被酷似肯德基爷爷的胡须掩盖着，但是能看出来抿得很紧。

他旁边的陆奥上下打量着我，像是在估价。

人称诈骗王的陆奥是七巨头中的稳健派。他的专业是诈骗和盗窃。在强盗王米本去世后接手了其组织。尽管如此，陆奥还是会要求手下尽量用非暴力、不见血的方式完成任务。

仔细想来，他的要求其实跟犯罪者的本性完全相悖。

一般人根本不可能顺利贯彻这种方针，但是陆奥的信息收集能力让那种不可能变成了可能。他在各大企业和银行，甚至政府部门的每个角落都安插了亲信。当然，这家酒店也得到了陆奥这些情报网的不少关照。

房间深处，有个男人倒在地上。

尸体旁边跪坐着一个一身黑衣的女人。她背对门，嘴里念念有词，像是在祈祷，头上的螺钿簪子看着很眼熟。

相羽独自走到房间深处，一只手轻轻搭在黑衣女人的肩膀上。

"四之宫女士，祈祷就到此为止吧……"

"知道了。"

四之宫闷闷地应了一声，回过头来。

她是七巨头中最年轻的一位，现年三十五岁。眼神没什么气势，嘴唇却像血一样红，全身都散发着阴气。

她今天穿了一件低领针织套头衫和一条西装长裤，全是黑色的，看起来有点丧服的味道。褐色的长发扎成松松的发髻，用她最爱的簪子固定。

四之宫被称为黑会计。

她的事务所不依附于任何犯罪组织，一直保持中立，深受犯罪者的信任。也因为如此，本来不相信任何人的犯罪者，都愿意把金钱和资产交给她打理，让她充当正常世界中"银行"的角色。

另外，她还是这家酒店的财务顾问。

阿缪莱特酒店的分馆为犯罪者专用，本馆则招待普通房客。这种特殊的经营形态之所以能顺利维持，全都仰仗四之宫的支持。

她看着我，继续道："我四之宫一直在努力保护现场，接下来，就交给桐生女士您了。"

她称呼自己时偶尔会用"我四之宫"，对此我有点反应不过来。不过，一个如此年轻就成为七巨头一员的人，肯定不是什么简单的人物。论能力，她绝对是可圈可点的。

我与四之宫交换位置，跪坐在尸体旁边。

笠居胸膛中了一刀，仰面倒在地上。白色的衬衫上浸染了红色的鲜血，凶器就这么刺在伤口中。

——对准心脏，一击致命。

我戴上手套，先用指尖试探笠居的颈动脉，确认他已死亡。然后轻触深深刺进身体的匕首，进行调查。

匕首尺寸略小，伤口外留有长约七厘米的细刀柄，颜色是深灰色。粗略看去，刀柄和刀身是用同一种材料一体锻造而成。

我皱起了眉。

"这种材料很轻盈啊。"

以前当杀手时，我收集了很多不同材质的匕首，用在不同的用途上，但很少使用如此轻量的匕首。

因为匕首并不是越轻越好。重心平衡度佳、有适当重量的匕首才更好用。

——这把匕首好像突出了"隐藏"时的便利性啊。

突然，我听见水田在背后发出了惊呼。

我回头看去，发现水田面色苍白地拿着金属探测器走向匕首。

尖锐的电子音响起，我感到背后一阵战栗。

"为什么这里会有金属匕首？"

杜女士叹息着说："我也想知道啊。我们进入会场时，都接受过金属探测器的检查了。可是，这到底是怎么回事？！"

一时间我无言以对。

依照诸冈的指示，我们做了最谨慎的防备，不让任何包含金属的物品进入泰坦会议的会场。

就连清扫时都用 X 光检查装置扫描了清洁工具，并且一一确认过所有工具都被带走了。而且在那之后，水田还用金属探测器把整个会场扫了一遍。

我闷声道："只能说发生了不可能出现的状况。当然，我们事先确认过会场内不存在金属匕首，也没有任何机会让任何人从外部携带金属匕首入内……"

刚才拿着金属探测器靠近匕首的水田自然也不会做什么手脚。我一直盯着他的一举一动，没有发现任何可疑之处。

我带着巨大的困惑，低头打量凶器。

——匕首如此轻盈，如果是金属材质，那应该是钛合金。

我头也不抬地说："请允许我重新检查各位的随身物品。"

泰坦会议的与会者已经过了一遍金属探测器。但当时并没有检查大家的衣服里面，也没有拨开头发检查是否有人戴了可藏匿物品的假发。

这次搜身的目的是寻找证物。我和水田都戴上了手套，把所有物品仔细检查了一遍。因为是案件发生之后，我手握酒店侦探的权限，即便对方是犯罪界的巨擘，也不能拒绝我的搜身要求。

经过一轮仔细的检查后，我发现确实有人带了一些非会议必需品的东西进来。

比如诸冈偷偷揣了一包万宝路。因为会场内禁烟，我觉得他带进来也没有用，但他说不带在身上总觉得少了点什么。

杜女士带了润唇膏和吸油纸。没想到她外表粗野，实际上还挺注重仪表的。她还愤愤不平地嘀咕着其实自己还带了唇彩等物品，但是被金属探测器测出来了，惨遭没收。

"欸……四之宫女士没带唇彩吗？"杜女士惊呼。

果然如她所说，四之宫一件护肤或美妆用品都没带。

就连装饰物，也只有她头上的那支簪子。簪子是陶瓷材质的，呈扁平的流线型。

四之宫很喜欢这支簪子，而我也在她走进会场的那一刻就注意到了它。也许是在会场外面接受金属探测器检查时拔出来过，当时她头上的簪子掉下来了，被我及时接住，插了回去。

再看相羽，他胸前的口袋里放着自家经营的地下赌场的筹码。

——说起来，相羽好像一直有摆弄筹码的习惯呢。

那枚鲜绿色的筹码布满划痕，看起来很旧，但相羽没有换成新的，想必是有了感情。

陆奥身上带了一个塑料盒，里面装着口香糖。他平时总要在嘴里放些什么，今天就一直在嚼口香糖。

检查完随身物品，一个打扮得很像牛郎的金发男人从走廊上探头进来。

"大家好啊，这里是现场？"

此人就是多克，阿缪莱特酒店的专属医生。他的专业是整形外科，但是多才多艺得让人害怕，在法医学上的造诣也很深。每次发生这种案子，我都需要他的协助。

多克走进屋内，尸检用的包丁零当啷地摇晃着。

"戒备好森严啊，连我都要过一遍金属检测门，还把吃饭的家伙送进X光检查装置了。"

"不好意思。虽然案子已经发生了，但若是现在就放松戒备，让随便什么人都能带点东西进入会场，很可能会影响到后续的调查。"

多克戴上丁腈手套，正要开始工作，却被人叫住了。

"在开始尸检前，能不能让我看看凶器究竟是什么？"

说话的人是杜女士。这时，诸冈把手搭在了蹙着眉的多克的肩膀上。

"让她看吧。老实说……我也对凶器有些好奇。"

然而，多克还是没有同意。

"不行。验尸有验尸的固定步骤。"

杜女士少见地表露出了烦躁。

"搞清楚你的立场！不就是把匕首拔出来看一眼吗，有什么难的？"

多克根本不理会杜女士的威逼，施施然拿出工具摆开。面对七巨头也能旁若无人，真是不得不说他还是那个性格。

多克头也不抬地继续道："等验尸结束将凶器归档，我自然会亲自奉上。在此之前，请各位稍事等待。"

杜女士还想说些什么，但我及时行动起来，把五名与会者半推半拽地请到了走廊。

"多克进行尸检时，我要再次检查泰坦厅和休息室，以确保后续安全。所以烦请各位跟水田在走廊上等候片刻。"

我把监视嫌疑人的工作交给水田，先开始检查休息室。

刚才我用了安全检查的借口，其实只是说说而已。因为我并不认为会有人藏在会场内。更重要的是，我要在凶手消灭证据之前，抢先把该调查的地方都调查一遍。

休息室内没有搏斗的痕迹。

这个房间本来就只有一张实木桌子和两把椅子，三者都没有破损，包括螺丝在内没有任何异常。保险起见，我又检查了休息室通往泰坦厅的房门，同样没有发现动手脚的痕迹。

于是我留下还在尸检的多克，走进了隔壁的泰坦厅。

这个房间也没有发现任何异常。家具、墙壁和地板没有损伤，螺丝等细节都未见异样。

我没有任何收获，只能出了房间。

毕竟不能一直把与会者扔在走廊上，我就把他们请进了已经检查过的泰坦厅，并继续让水田负责监视。

我独自留在走廊上，小声自言自语道："这个走廊也很有问题啊。"

负责会场内部警备时，我和水田都站在入口附近待命。

如果是为了防御外部入侵者，这个站位肯定是最恰当的……然而，这里并不适合监视与会者的行动。

因为建筑物结构的问题，站在门口只能看见半条走廊。

我检查着走廊里的情况，心中暗自叹气。

——进入休息时间后，大部分与会者应该会穿过走廊去往洗手间。想必凶手就是混迹在其中，完成了犯罪。

而那一切全都发生在我和水田的监视死角。

我本以为检查走廊和洗手间能发现一些凶手行动的痕迹，结果还是一点收获都没有。

地板上没有污渍，墙壁、电灯开关、洗手间管道都没有发现划痕。我还检查了走廊和厕所的所有门板，门把手、合页和螺丝都没有异常。

——毫无头绪啊。

*

在这家酒店里，无论发生什么案子，都不会报警处理。

酒店侦探会展开调查，追踪凶手。案件解决之后，受害者

泰坦会议·会场平面图

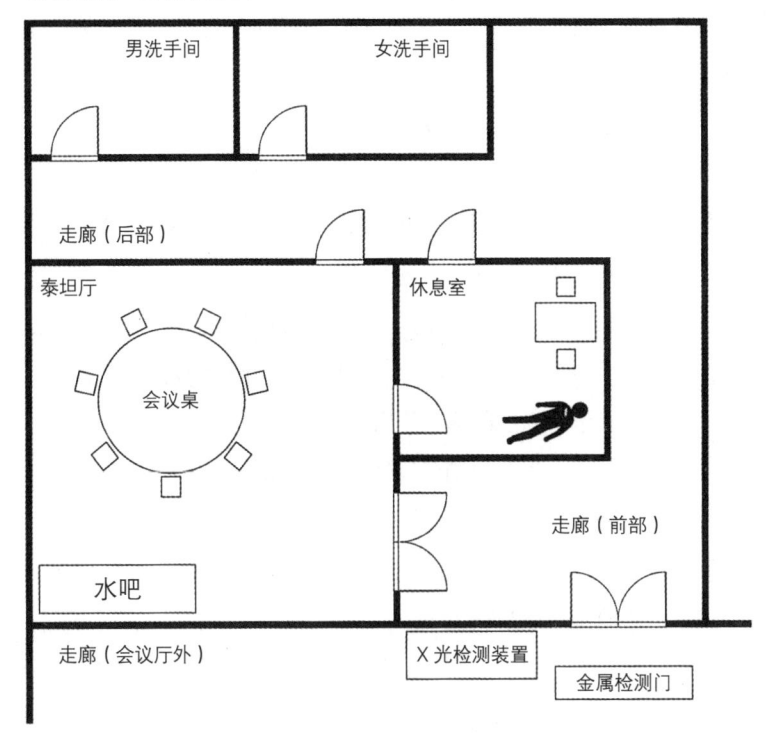

- 男洗手间
- 女洗手间
- 走廊（后部）
- 泰坦厅
- 会议桌
- 休息室
- 走廊（前部）
- 水吧
- 走廊（会议厅外）
- X光检测装置
- 金属检测门

的尸体和所有证据都会被投入超高温焚化炉，不留痕迹地焚烧殆尽。

所以，在这家酒店展开的调查往往不会遵循普通的调查规则。这次也一样，我选择了将所有相关人员召集起来，统一问话。

我对着泰坦厅的会议桌开口道："今天，酒店内再一次发生了难以理解的犯罪案件。为了尽快解决这个案子，希望大家能够积极配合。"

这张会议桌共有七个座位。

诸冈坐在其中一把椅子上，七巨头的五名成员，也就是杜女士、相羽、陆奥、四之宫和笠居分别占据一个座位。

还有一个座位，被一名死者占据。

当然，这个占据并不是一具白骨放在椅子上，而是桌上摆着一个白瓷骨灰盒。那是一个七寸大小的圆柱形骨灰盒，直径约为二十厘米，高度约为二十五厘米。

这个骨灰盒里，收纳着诸冈盟友的骨灰。

那个盟友名叫朱堂。

他生前与诸冈一同创建了阿缪莱特酒店，但是在酒店开业前夕，遭遇交通事故去世了。

根据故人生前的意愿，朱堂的骨灰被安置在泰坦厅。

平时骨灰盒都被放在木盒里妥善保存，只在召开会议时取出来放在桌上。即使在死后，他也能参加决定阿缪莱特酒店未来的"投资人大会"。

换言之，泰坦厅既是会议室，也是一处墓穴。

顺带一提，开放会场前，水田用金属探测器检查泰坦厅时，还不忘打开骨灰盒的盖子把里面也检查了一遍。当时我也在场，事件后检查室内情况时又打开了一遍，所以我知道，这里面除了大大小小的骨头渣，还放着故人生前使用的人造关节。

我再次环视会议桌周围的众人，继续道："接下来，请各位讲述一下从会议开始到发现尸体为止的情况吧。"

一般情况下，有关案件的问讯会很顺利地开始，但是这次不一样。我只听见突然有人重重地叹息了一声，紧接着，叹息声便传开了。

杜女士毫不掩饰失望地开口道："酒店侦探小姐，我听说你是个很优秀的侦探，现在真是幻灭了。携带金属匕首进入会场的路径再明显不过了吧。"

"什么意思？"

相羽立刻接过了话头。"从现场情况来说，能够携带匕首进入会场的，只有'我们六名与会者'，还有'负责警备的你们两位'。"

"那是自然。"

还未等我反应过来，四之宫阴郁的声音也插了进来。

"不说明白一点，你好像听不懂呢。假设包括桐生女士和水田先生在内的酒店工作人员没有合谋将匕首带进会场，那么能完成这项举动的，就只剩下一个人了。"

"那就是……诸冈先生。"

给出致命一击的，是面带嘲讽的陆奥。

诸冈茫然地喃喃："我要怎么……把凶器带进会场？"

杜女士指着诸冈的腿。

"诸冈过去在黑帮斗争中伤了左腿，小腿截肢了吧。现在你的左腿安的是假肢，对不对？"

我和水田也知道这件事。

针对与会者，携带金属进入会场的例外只有一个。

那就是诸冈的假肢。他的假肢可以算是身体的一部分，如果拆掉就无法行走。所以便作为特例，让他带进来了。

我瞪了一眼杜女士。

"别血口喷人了。我和水田都仔细检查过老板的假肢。金属探测器检测到的就是假肢，不是别的。"

苦笑的声浪扩散到整个室内，杜女士怜悯地看着我。

"你检查过假肢里面吗？"

"假肢……里面？"

"没错。手杖里面藏防身武器这种事在业界很流行。诸冈君应该也不例外，在假肢上做了点手脚。说不定他今天就在那个藏东西的空间里藏了匕首带进来。"

我忍不住笑了。

"他的假肢里怎么可能……"

说到一半，我突然发现诸冈脸上没了血色。

"抱歉……杜女士说得没错。我的假肢里确实有一个能够藏匿武器的空间。我请的工匠技艺精湛，做出来的东西连桐生和水田都没发现异样。"

——为什么，要这样背叛我？

诸冈转过头，不去看我脸上的困惑和愤慨，而是撩起了长裤的左边裤管，露出里面的金属假肢。

"平时藏在里面的武器就是我的'保命符'，所以……我不想让任何人知道它的存在。毕竟在业界，到处炫耀自己的保命符就相当于自杀。"

"就算是这样……为了今天的泰坦会议，你把假肢里面清空了吧？"

诸冈脸上闪过瞬间的犹豫，然后哑着嗓子回答："应该是的。"

"应该？如果用惯的假肢里多了一把刀，肯定会有微妙的重量差别和感觉差别吧？"

"我没发现。可能因为我的注意力一直放在会议上，没顾上这么多。"

他的回答实在太不干脆了，而且他一直不愿意看我的眼睛。

——莫非老板在包庇什么人？

我越想越不安，便注视着诸冈。可他好像很怕我继续往下问，已经俯下身，转开了假肢的脚踝部分。不一会儿，里面的空洞就露了出来，至少那个地方现在是空的。

"如你们所见，这个藏物空间可以容纳一把长二十厘米左右的匕首。我想，这次凶手使用的钛合金匕首，应该能放进去。"

听到这句话的瞬间，我心里一惊。

——老板怎么知道凶器是钛合金材质的？

检查尸体时，我是从触感猜测匕首应该是钛合金材质。这是我依据杀手时代积累的经验做出的推断，连我自己都不能确定，所以从未向他人提起过钛合金这几个字。

不过钛合金本身并不是什么罕见的金属。

它重量轻，耐腐蚀，经常用于医疗器械和眼镜框。不过跟钢相比，钛合金的硬度不足，制作刀刃的话不够锋利，所以很少有人用钛合金造刀，一般都是用碳钢或不锈钢。

话虽如此，因为钛合金在碱性水中有很强的耐腐蚀性，因此也有人用它来制作潜水用的刀具。

——应该只有凶手才清楚凶器的材质。所以，老板果然跟这次的案子有很深的关系？

沉重的不安压在我头上，我突然辩解道："老板把凶器藏在假肢中带进会场的可能性确实不为零。然而，这不一定是把金属匕首带进会场的唯一方法。"

四之宫歪着头说："还有别的方法吗？"

我死死地盯着坐在桌边的四名七巨头成员。

"现在还不知道……但是我保证，一定会解开所有谜题，包括找出这起案子的真凶，以及把凶器带进现场的方法。"

这是我对藏在这里的凶手发出的战书。

*

泰坦会议开始于下午三点。

因为这次进场时需要进行金属检查，七巨头真正聚集在会场门口的时间，比会议开始时间提前了近十五分钟。

而诸冈此时早一步完成了检查，在泰坦厅的圆桌旁等候。

诸冈身为酒店老板，要比所有人都先一步进入泰坦厅，并在会议结束后目送所有人离开，然后自己才走出泰坦厅。这是"投资人大会"的规矩。不，对于诸冈来说，这更像是一种仪式。

诸冈曾这样说："在海事上有种说法，船长必须为自己的船，以及上面的船员与乘客的生命负责。就算船正在下沉，船长也要坚守在船上，等到所有船员和乘客下船后再避难。"

过去，有数不清的船长坚守着"最后离船"的原则，最终与失事船只一同葬身水底。譬如，撞击冰山而沉没的泰坦尼克号的船长，就是如此。

"现在这家酒店就是我的船。如果阿缪莱特酒店有一天要迎来沉没的命运，我会把我这条命献给酒店，欣然接受那个命运。"

据说，他在酒店开业时举办的泰坦会议上发表了同样的誓言。

所以，诸冈每次都要比任何人早一步进入泰坦厅，并在所有人离开后才退出。这是一种态度，表明他会死守开业时立下的誓言。

四之宫瓮声瓮气地说了起来。

"这次的泰坦会议由相羽先生担任议长。"

相羽苦笑着插嘴道："不过泰坦会议的议长是轮流担任的，相当于一个主持人的角色。"

实际上，会议桌属于相羽的那块区域文件格外多，其中还有六个信封。

"那是什么信封？"

相羽拿起一枚信封，递给我。

"这是跟泰坦会议的邀请函一起发送给大家的宣誓书。在会议开始前，议长都会主持宣誓，带领所有人保证'一定会遵循泰坦会议的决议内容'。"

如他所说，信封里果然装着宣誓书。

这场会议的与会者没有地位高低之分，所以才会轮流担任议长，负责准备和寄送邀请函。

这时，四之宫清了清嗓子。

"遗憾的是，七巨头的成员多数不喜欢这种杂事，所以在会议中，我四之宫会从旁协助，管理会议进程。"

在七巨头内部，她总是负责幕后的杂事。

这也许跟四之宫的身世有关。她年幼时被杜女士的组织收养，并展现出了惊人的才能。后来她主要由相羽和陆奥二人教导,慢慢被培养成了犯罪界的专属会计师。

也就是说,七巨头表面上是平等的,实际上内部还是存在高低之分。

四之宫继续道:"会议上,与会者讨论了笠居先生提出的关闭阿缪莱特酒店的议案。本次投资人大会主要就是为了讨论这件事。"

诸冈点点头,说道:"但到了下午五点还没讨论出结果,于是我们决定休息三十分钟。"

陆奥紧接着插话道:"实话说吧,其实整场会议都是诸冈和笠居在争吵,剩下的人就一直在旁边听着。"

这种说法也太诋毁人了。

陆奥是个优秀的骗子,可以随时切换各种方言。不过,他今天不知是受了刺激还是有所图谋,直接用了自己老家关西的方言。

此人年逾六十,但是长相显小,脸上没有皱纹,看上去像只有四十几岁。他今天穿一身十分符合场合的灰色高定西装,系着胭脂色的领带。

"那我顺便问一句,都有哪几位反对关闭酒店呢?"

听了我的提问,杜女士抢先答道:"首先,诸冈肯定是反对的。然后,看相羽的表现,也倾向于反对吧?"

相羽点点头。

"那是当然。我的赌场和这家酒店都靠吸纳犯罪者为会员做生意,只要有赌场就有酒店,赌博和酒店是相辅相成的关系,这点千万不能忘。"

杜女士闻言,忍着笑说道:"我和笠居都赞成。因为诸冈在酒店里大批大批地卖毒药和药品,却一点都不愿意推销毒品。"

诸冈表情凝重地摇了摇头。

"那样做只会让本来就不稳定的酒店治安更难管控。我总不能这边要求客人严格遵守两条规矩，转头又卖给他们让人难以自控的毒品吧。"

"老顽固。"

四之宫似乎抓住了插嘴的时机，再次开口道："我和陆奥先生都选择中立。不过老实说，我四之宫很喜欢阿缪莱特酒店。"

她翘起粉色的唇瓣，依旧用很小的声音继续道："但是呢，我身为一名会计，必须一视同仁地服务犯罪界的所有客人。所以很遗憾……我不能偏袒某个特定的组织。"

这时，陆奥整了整领带，开口道："我主要向酒店贩卖信息，不过说实话，这家酒店的有无并不会影响我的利益，所以怎样都无所谓。"

我忍不住抱起了胳膊。

"两票赞成，两票反对，两票中立啊……票数如此平衡，恐怕靠投票也解决不了问题呢。"

诸冈眼神迷茫地点了点头。

"我也是这么想的，所以一进入休息时间，我就请笠居去了休息室，想跟他敞开心扉谈谈，看能不能找到彼此各让一步的点。"

我惊讶地看着诸冈。

"老板，尸体被发现之前，你一直跟受害者单独待在休息室吗？"

"没错。我跟他聊了十分钟，但还是没能谈妥。"

——情况也太糟糕了。

首先，在所有与会者中，诸冈拥有最强烈的杀害笠居的动机。其次，在此基础上，他还有在休息室里杀死被害人的机会。

"谈完之后，老板马上回到泰坦厅了吗？"

"嗯。我上了一趟洗手间，然后就回泰坦厅了。算时间的话，应该是下午五点十五分左右回到了这间屋子。"

我托着下巴陷入沉思。

"我还想问，结束谈话离开休息室时，笠居先生有什么异常的表现吗？"

"没有。"

这时，我再次看向七巨头的四名成员，说道："满打满算，老板离开休息室的时间应该在五点十分到十五分之间。有人在这之后进入过休息室吗？"

圆桌旁的人都摇了摇头。

——原来如此。所以，凶手果然是假装去洗手间，离开泰坦厅来到走廊，再从走廊进入了休息室。

走这条路线，无论是待在泰坦厅里的与会者，还是负责警备的我和水田，都看不见，凶手能够悄无声息地进入休息室。

我继续道："那我想请问杜女士，你在休息时间都做了什么？"

"诸冈回来后，我就去了洗手间。大概在……下午五点二十分以后回到了泰坦厅。进屋时我看了一眼那边的时钟，所以不会有错。"

杜女士努努嘴，示意挂在墙上的电子钟。

会场内禁止携带手机和腕表，想知道时间就只能看墙上的挂钟。顺带一提，会场内只有这一台挂钟。

我看了一眼腕表。

挂钟和腕表显示的时间相同。现在是晚上七点，距离发现笠居死亡已经过去了将近一个半小时。

杜女士还一直在说话。

"回到泰坦厅后,我去水吧倒了一杯葡萄酒,坐在这个座位上跟别人喝酒聊天来着。"

房间的角落里有个木制吧台。

那里就是水吧,放着装在醒酒器中的葡萄酒,还有几只高脚杯。旁边的冰桶里装满了冰水,里面浸泡着瓶装的苏打水和矿泉水。

为了方便警备,水吧里的容器都选用了塑料和亚克力这类相对不容易打碎,同时又不含金属的材质。

当然,水吧、挂钟,以及与会者使用的会议桌和椅子我都确认过了,没有任何异常。家具、小物件和墙壁都没有破损,螺丝和电池等物品也都没有问题。

我继续提问。

"其他几位在休息时间都做了什么?"

第一个回答的是相羽。

"一到休息时间我就去了洗手间,五点五分回到了泰坦厅。然后我就没有离开过。"

"我在休息时间过半的时候去了洗手间……大约五分钟后回到了泰坦厅。"

四之宫说完后,陆奥慌忙开口道:"我一直在喝酒,喝到了休息时间快结束……将近五点半的时候去了一趟洗手间。等我回到座位上时,会议马上就开始了,然后大家发现笠居一直不来,事情就变成这样了。"

我托着下巴说:"各位是在不同的时间段去的洗手间呢。"

陆奥可能觉得被嘲讽了,没好气地反驳道:"喂,你可别胡乱揣测啊。反正每次休息时间都是这样的，大家随便挑个时间去上厕所，其余时间就坐在桌边闲聊……我反倒是头一回看见有人在休息室谈事情的。"

我漫不经心地听着他的话，心里在思考。

——这些人的证词，可信程度有多高？

嫌疑人所说的话，充其量只能算一家之言。

果然，所有人明确记得并且能够得到一定佐证的，只有三点。

①相羽在休息时间开始后立刻去了洗手间，大约五分钟后返回泰坦厅成为闲聊的中心，直到休息时间结束都没有再次离开房间。

②陆奥在休息时间临近结束时去了洗手间，并在下半场会议马上就要开始时回来了。

③逗留在泰坦厅内的人始终不少于三个。

"看来，相羽先生的不在场证明应该是成立的。"

只有他在诸冈和笠居结束谈话前回到了泰坦厅，然后就再也没有离开过房间。

"另外，厅内始终有不止一个人在场……凶手也就无法在这个地方自由行动。所以，凶手应该是假装去洗手间，出到走廊后转而进入休息室，然后杀害了笠居先生。"

至于回程，凶手肯定也走了同一条路线。在回到泰坦厅之前，还可以将作案用的手套等物品全部卷成小球，扔进厕所冲走。

我继续提问。

"接下来，请告诉我发现尸体时的情况。"

发现异常后，第一个离开座位走向休息室的人是四之宫。

她一开门就看见了尸体，遂惊叫一声。紧接着，由她打头阵，包括诸冈在内的五个人都走进了休息室。

——第一个发现尸体的人是四之宫，但实际上，这五个人几乎同时看见了尸体。也就是说，第一发现人没有时间对尸体动手脚。

这时，相羽提了个问题。

"关于案子的信息，应该收集得差不多了吧。所以桐生小姐，你知道凶手是怎么把凶器带进来的吗？"

"不，现在暂时还……"

四之宫摇了摇头，像是发出最后通告一般说道："很遗憾，看来真相就是诸冈先生携带金属凶器进入会场，杀害了笠居先生。"

"不对……不是我。"

诸冈低头喃喃着，杜女士则恶毒地拧着嘴角。

"除了你以外，别人可都做不到啊。明明是你打破自己定下的规矩杀了人，现在还做什么徒劳的挣扎……"

这时多克走进了泰坦厅，后面还跟着水田。

不清楚事态的多克慢悠悠地举起了装在自封袋里的匕首。

"尸检结束了。凶器是一把有尖双刃刀具。简单来说，就是一把双刃匕首。全长十九厘米，刃长十二厘米，刀身非常薄。"

我隔着自封袋观察凶器。

刚才检查尸体时果然没看错，刀刃和刀柄是一体成型的，无法折叠。匕首整体呈深灰色，刀刃部分还沾着已经发黑凝固的血液。

接着，我把匕首递给了刚才要求查看凶器的杜女士和诸冈，二人摇摇头，表示只需要看一眼就够了。

奇怪的是，这二人眼中都有着难以掩饰的恐惧。

多克还在讲述。

"死因是刺中心脏导致的休克，可以认为是立即死亡。死亡时间大概是下午四点半到五点半吧。从伤口的形状判断，凶手有数次拔出匕首并重新刺入的动作。"

我忍不住蹙起了眉。

"凶手为什么要这样做？"

——在场的人身上都没有溅到血污，可见凶手在反复戳刺时用了塑料布之类的物品挡住飞溅的血液，然后又将遮挡物撕碎或揉成一团，扔进厕所冲走了。

"对了，凶器的材质是什么？"

听到我的这个问题，多克为难地抱起了胳膊。

"这个要详细分析成分才能知道。不过考虑到凶器能让金属探测器有反应，而且重量很轻，应该是钛合金。"

"果然。"

多克突然换上意味深长的表情，继续说道："不过，如果凶手行凶时使用了钛合金材质的匕首……只能说这实在是太巧合了。"

我不明白他想说什么，遂困惑地歪了歪头。

"什么巧合？"

"钛的英语是'titanium'，词源就是希腊神话中登场的泰坦神族，也就是'Titans'。凶手在泰坦会议上使用钛合金凶器，也许并不是单纯的巧合。"

"使用钛合金匕首……当然不是巧合。"

诸冈突然喃喃出声。我和多克不由得对视了一眼。

"老板好像很了解这个凶器啊？而且在案发不久后，你就已经知道这把匕首是钛合金材质了。能请你解释一下吗?"

然而,诸冈却像锯了嘴的葫芦,闭口不言。

更奇怪的是,那四个张口闭口断定"诸冈是凶手"的七巨头成员,也都陷入了沉默。

如果放在刚才,他们肯定会你一言我一语地给诸冈定罪,说些什么"你透露了只有凶手才知道的信息,你肯定就是凶手"!

我轻轻吐出一口气。

"原来如此,看来各位从一开始就知道这件凶器的来历了。然而,你们却联合起来瞒着我。请问,这是为什么?"

没有人回答。

就连没有参加嫌疑人问讯的多克也察觉到了现场气氛不对劲,于是他低声道:"虽然不知道怎么回事,但我猜,这凶器跟过去的一些隐情有所关联。"

"看来是了。"

多克接过我手上装有凶器的自封袋,又说道:"不管怎么说,我先回医务室了。虽然不确定能不能有新发现,但我还是想仔细分析一下从尸体身上采集到的组织样品。另外我还会对凶器进行成分分析,一有结果就会通知你们。"

目送多克离开泰坦厅后,我重新转向会议桌。

"我已经猜到各位在隐瞒什么了。"

这五年的时间里,七巨头出现了两个空缺。

其中一个席位属于犯罪计划王,也就是养大我的道家老爷子。他的确死于肺癌晚期,这点不会有错。那么,曾经的强盗王米本呢?

我双手撑在桌子上,继续道:"我记得,米本先生是在五年前突然去世的。传说他是患病去世的,但我猜,应该是上一次泰坦会议时发生了杀人案,死者就是米本先生。对吗?"

"没错。"

一个意想不到的人物给出了答案。我瞪大眼睛,注视着水田。

"对啊,水田先生是阿缪莱特酒店开业时就加入的老员工,肯定知道五年前发生了什么。"

水田一脸沉痛地点点头。

"我也明白在座诸位为何对此事闭口不谈。五年前的会议上同样发生了杀人案,而那起案子,成为阿缪莱特酒店唯一的悬案,并且被严禁再次提起。"

*

"请允许我打破誓言,说出米本先生真正的死因。无论后果如何,只要我这条命能抵上,那就值得了。"

"水田……"

诸冈还想说点什么,但水田没有让他开口。

"五年前的泰坦会议并没有像今天这样严格的警备措施,也没有限制携带金属物品。因此,作案凶器,就是米本先生平时随身携带的用于防身的匕首。"

闻言,我眯起了眼睛。

"当年的凶器,跟今天的凶器一样。"

杜女士好像想开了,开口补充道:"是的,米本很喜欢使用一把钛合金匕首。而今天这起案子的凶器……就是模仿米本的那把匕首做出来的。"

我总算明白过来了。

之前，杜女士和诸冈都很在意今天这起案子的凶器，同时又心怀恐惧。原来是因为它跟以前那起案子的凶器很像。

水田说，五年前的投资人大会遭到了袭击。

袭击来得很突然，而且很隐秘。凶手秘密携带小型催眠烟雾发生装置进入会场，将其放在桌子底下，在会议中途打开了。

"跟今天相比，当时的阿缪莱特酒店无论在警备方面还是在案发后的调查方面，都不够成熟。"

诸冈难过地低喃，水田也沉痛地点点头。

"当时我身为警备主任，就值守在泰坦厅内。无奈扛不住催眠烟雾，还是睡了过去。不过在失去意识前，我清楚地看到……一个头上套着麻袋的人，夺走了米本先生的匕首。"

目击到袭击过程的不止水田一人，所有与会者都或多或少看到了一些。

我立刻提问："袭击者穿着什么样的衣服？体型如何？"

"跟米本先生相比，可以肯定凶手是男性。但除此之外，就看不出什么了。"

——也难怪，毕竟当时所有人都中了催眠烟雾，无法保持清醒的意识。

水田继续道："我们失去意识的时间大约持续了十五分钟。待到苏醒时，我看见与会者都倒在会议桌旁，其中两个人的胸口染上了血迹。"

听到这句话，我瞪大了眼睛。

"两个人？不是只有米本先生遇害了吗？"

"另一个受害者，是道家先生。"

——道家老爷子？

听到那个意想不到的名字，我顿时愕然。

同时，我又想起了五年前道家住院时的情景。

当时我为了完成派给"杀手艾瑞波斯"的任务，离开了三个星期。等我结束工作回去，道家已经住进医院，并做完了手术。

我的表情瞬间扭曲了。

"果然……道家老爷子是个大骗子。"

那天我去看望道家，他一见到我就说自己是因为肺癌恶化而住院了。可实际上……

相羽点了几下头。

"道家这人脑子就是灵光。他最先发现了催眠烟雾，并且立刻屏住了呼吸。"

然后，道家就护着米本，扑向袭击者。

凶手似乎过于相信催眠烟雾的效果，一时大意了。道家趁机夺过凶手的匕首，刺向对方的胸口，发起了反击。

诸冈沉声接过了话头："道家刺出匕首的时候，我还勉强清醒着。当时，我还以为他反击成功了。"

然而，那一击没有任何作用。

袭击者很谨慎，事先穿上了防刺服，所以道家的反击并没有造成伤害。

——道家老爷子也开始受到催眠烟雾的影响，所以攻击的力度应该弱了很多。

水田继续道："然后，凶手又从道家先生手上夺回匕首，刺伤了他的右胸和右腿。幸运的是，都不是致命伤。"

对健康的人来说也许不致命。

然而道家罹患肺癌，这些伤势就对他造成了严重的影响。

那次住院以后，道家的精气神很快就衰弱下去，不到一年就去世了。

——人终有一死。

这是不可避免的。但是，如果没有被卷进那个案子，如果没有被袭击者刺伤，道家应该能多活一段时间，不是吗？

四之宫用几乎听不见的声音说："我永远忘不掉那个光景。道家先生倒在地上，胸口和腿部鲜血直流。而米本先生躺在他旁边，心脏中了一刀，已经死了。"

我抱着胳膊，思索着说道："原来如此……行凶方式也跟这次一样啊。"

诸冈立刻摇头。

"不能算完全一样。毕竟，那天夺走了米本性命的匕首，突然从现场消失了。"

"凶器消失了？"

案发后，人们立刻封锁了泰坦厅，在里面寻找米本的匕首。只是，他们检查了包括受害者米本和道家在内的所有与会者的随身物品，又翻来覆去地检查了会场内的家具和小物件，但就是找不到那把钛合金匕首。

水田痛苦地点了点头。

"五年前也跟今天一样，会场外设有警备人员。所以可以肯定，案子发生前后并没有人和物出入会场。"

我想了想，然后说："但是案件相关人员不可能一直停留在现场。各位离开现场时，酒店是怎么做的？"

"跟今天一样，使用金属探测器和X光检查装置进行了检查。"

听到这句话，我很是震惊。

"竟然做到了那种地步吗？"

"是的。这是老板在调查过程中想到的。人用金属探测器检查，物品用 X 光检查装置扫描，这样就完美了。"

其后，他们又用金属探测器把整个会场扫了一遍，就连已经完成尸检的尸体，也在离场时过了一遍 X 光检查装置。那天以后，酒店直接把案发现场封锁了起来，这里成了禁止踏足的区域。

——也就是做出了最严肃的应对啊。

我又问了一句："这就怪了。难道五年前没有人想到老板可能把米本先生的匕首藏在假肢里带出去吗？"

诸冈露出了苦笑。

"不知是幸运还是不幸，当时我腿部接触到假肢的部位发炎了，大约有一个月无法安装假肢，只能撑着拐杖去参加会议。当然，拐杖在我离场时通过了 X 光检查。"

这时，相羽叹息着插嘴道："案发四天后，那把匕首出现在了会场外部。具体地点是酒店日本庭园的水池里。"

我眯起了眼睛。

——四天后？这有点奇怪啊。难道把匕首带出来花了这么长时间？

我不断思索着，同时抛出下一个问题。

"我还有一个疑问，米本先生那天真的带了匕首在身上吗？会不会是凶手做了伪装，把本来不存在的匕首做成了存在的样子。"

"那不可能。"陆奥断言道。

四之宫也点点头，接下去说道："同感。因为五年前的会议中途，米本先生像往常一样拿出那把匕首，当成裁纸刀用了。"

看他裁纸时干脆利落的样子，匕首应该没有被替换。

短暂的沉默过后，水田再次开口。

"结果我们力有不逮，非但没有找到杀害米本先生的凶手，还没有弄明白袭击者究竟是怎么把钛合金匕首带出室外的。"

我立刻接话道："等等。从现场消失的只有凶器，而袭击者佩戴的头套和手套应该留下了吧？另外，凶手还遭到了道家的反击。就算那个人穿着防刺服，衣服胸口也该有个破洞才对啊。"

诸冈自嘲地笑了笑。

"证据啊，多着呢。"

"啊？"

"袭击者留下了手套、斗篷和里面装着防毒面具的麻袋，而且那些东西里，附着了全体与会者加上水田的毛发和唾液等证据。"

水田补充道："另外，所有人的衣服胸口部分都有被匕首刺出来的破洞。"

我瞪大了眼睛。

"难道，袭击者趁所有人睡着时做了伪装，把所有证据都覆盖了？"

清除现场残留的证据很难，所以袭击者突发奇想，把所有人的痕迹都加了上去，顺利扰乱了调查。

我陷入沉思，水田又说道："案发时，除了米本先生，泰坦厅只有八个人，分别是包括道家先生在内的六名七巨头成员，还有我和老板。"

"所以袭击者就在那八个人里面？"

"应该是的。只是……"

五年前的嫌疑人，几乎全是犯罪界的顶尖人物。

就算是阿缪莱特酒店，也不能轻易把地位如此高的人指认为凶手。因为这些人身份特殊，除非能查明凶手如何将凶器带离会场，并且有足够的证据证明那个人有罪，否则酒店方就不能动手。

我皱着眉说："现在我知道五年前的案子为什么会变成悬案了。不过，为什么要彻底抹去案子的存在呢？退一步说，没必要瞒着我这个酒店侦探吧？"

诸冈低头不语，相羽却开口了。

"你也别抱怨了，毕竟我们也有自己的考量。我们不能让某个人知道米本是被人杀死的。要是让她发现了，我们都会没命。"

意外的是，相羽说出这番话时，语气里有着毫不掩饰的恐惧。

能让一个犯罪界巨擘心生恐惧，人选自然非常有限。

"你们害怕的是米本先生的夫人吗？"

米本的结婚对象，是一位身手极好的杀手。

那位杀手名叫伊田。她自己也是阿缪莱特酒店的常客，并且被卷入过在酒店发生的案子里。

陆奥抖了抖，喃喃道："那女人太疯了！以前有个东欧的组织，只是让她老公受了点伤，那疯女人就只身打上门去，把整个组织都灭了。听说那次她一出手就杀了三十个保镖。要是让她知道自己最爱的丈夫被人谋杀了，谁知道她会做出什么事。"

连杜女士也表示赞同。

"就是就是。伊田平时爱摆烂，最讨厌打白工，但若是家人被伤害，她会瞬间变脸展开报复，谁也拦不住。一个搞不好，她很可能会干出'既然找不到谋杀我丈夫的凶手，那就杀了所有嫌疑人'这种事。"

——不是，怎么会有人这么极端啊。

虽然这样想，但伊田的确有一怒之下疯狂报复的先例。

考虑到她作为杀手的身手，还有动辄冷血报复的性格，诸冈和七巨头会如此提防伊田，也就不难理解了。

我叹息着说："原来如此。于是你们商量了一番，决定彻底不提这起悬案，是吗？"

所有人同时点头。杜女士苦笑着继续道："知道秘密的人越多，就越容易泄露。所以为了自保，我们发誓再也不提那起案子。"

他们应该是定下了打破誓言的人要付出生命的规矩，不过现在所有人都在主动向我介绍这件事，想必已经没有人打算遵守誓言了。

这时，水田又开口了。

"后来，我们和当时的酒店专属医生一起伪造了'死因是心脏病发作'的报告，然后隐瞒了道家先生受伤的事实，对外宣称他是因为病情恶化而住院。"

至于米本胸口处的刺伤，也被以前的酒店医生以尸检之名将其并入解剖刀痕，顺利蒙混过去了。

——伊田相信了这个谎言吗？

其实也不难理解，毕竟这么多犯罪界的大人物和医生都坚称死因是心脏病发作。

而且酒店老板诸冈和黑会计四之宫是备受犯罪者信任的人。如果我面对那样的情况，说不定也会相信诸冈。

四之宫自嘲地说："话虽如此，我们也不只是因为伊田女士而选择了瞒下这起案子。事实上……也因为在泰坦会议的与会者中，米本先生与另外七个人的对立情况越来越严重了。"

七巨头的成立初衷,是为了划分犯罪界的势力范围,尽量减少多余的斗争,进一步提高各自的利益。然而米本忽视了这个初衷,开始恣意扩张手下组织的生意,给其他成员甚至是诸冈造成了损失。

我又眯起了眼睛。

"还真残酷啊。换句话说,各位其实都希望米本先生去死?"

四之宫阴郁地点了点头。

"米本先生之所以一直平安无事,恐怕是因为大家都忌惮他的妻子伊田女士。"

我托着下巴继续道:"袭击者专门在泰坦会议上杀害米本先生,难道也是因为忌惮伊田女士吗?"

从某种意义上说,米本一直处在伊田的保护之下。意图谋害米本性命的袭击者,想必为废掉这把保护伞绞尽了脑汁。

最后那个人选择了泰坦会议这个场合。

在这个犯罪界巨头齐聚一堂的场合,只要能制造出无法锁定凶手的情况,所有人就会因为忌惮伊田而成为帮凶,把这件事隐瞒下来。

最终一切都遂了袭击者的愿。

这时诸冈这样说道:"案发之后,我决定封锁投资人大会的会场。这个区域本来就是泰坦会议专用的,封锁之后正好能瞒住案子。所以,案发的第二天早晨,我就让人清理了尸体和染血的地毯,没有再做别的事情,直接封锁了泰坦厅和周围的设施。"

直到今天早上,会场才重新开启。

我思考了一会儿,然后说:"请容我问两个问题。刚才说的案发四天后才发现的匕首,如今在哪里?"

水田摇摇头，回答道："案发十天后，匕首和其他证据一起被扔进阿缪莱特酒店的焚化炉，处理掉了。"

——酒店使用的是超高温焚化炉，温度应该可以超过钛合金的熔点。

"原来如此。那么第二个问题，为什么现在要重新开放这个区域，而不是另选一处会场呢？"

我说这话自然不是认为这个曾经发生过命案的地方太晦气。如果在意这些，那么在犯罪界，包括这家酒店里，到处都是曾经发生过案子的地方，那就彻底无处可去了。

诸冈先是环视四周，然后回答："这个房间是专门为泰坦会议设计的，墙壁和窗户都做过特殊强化处理。而且，这次还专门检查了室内物品，并用金属探测器扫了一遍，我觉得不会有危险。"

只可惜，他的想法太天真了。

陆奥突然露出不怀好意的笑容，看着我说："别说废话了吧。听完五年前的故事，对你今天调查这起案子的真相有什么帮助吗？"

"这两起案子有很多相似之处，且二者都包含关于凶器的谜题。我好像嗅到了相同的气息。"

"你说这两起案子可能有关联？不过，就算真的有，又如何？"

——确实，如果不能证明老板的清白，就没有任何意义。

相羽表情严肃地看了一眼挂钟。

"我们没时间在这里闲聊了。案子已经发生超过两个半小时，是时候决定该如何处理了。"

闻言，四之宫也点了点头。

"桐生小姐并没有想到新的推论。所以，能把凶器带进会场的人，还是只有使用假肢的诸冈先生。"

"你们搞错了！"诸冈抱着头否认道。

杜女士露出了轻蔑的表情。

"都这种时候了，你还不承认？诸冈刚才还因为阿缪莱特酒店的存亡问题跟笠居发生了争执。你不是为了这家酒店什么都干得出来吗？"

诸冈用颤抖的手掏出万宝路，紧紧攥在手心里。

"没错……对我而言，这家酒店就是一切。"

然后，他突然笑了起来，注视着我。

"抱歉啊，桐生，让你……受了不少苦。"

——不对，老板不是凶手。

我很想坚持这个信念，却控制不住内心深处不断涌出的疑虑。

诸冈肯定隐瞒着什么。事实上，当我问他"今天假肢里面是否没放东西"时，他的回答很含糊，像在包庇什么人。

杜女士和四之宫的声音一直纠缠着我。

"这家酒店里每次发生杀人案，都会毫不留情地让凶手付出代价吧？所以赶紧像平时那样，把事情做了吧。"

"对呀，现在还有什么好犹豫的呢？"

紧接着，相羽和陆奥也提出相同的要求。

"我们要求立即处置凶手。"

我不能再犹豫了。

我必须做出选择。到底要不要遵守绝对不变的规矩，履行酒店侦探的职责，处死阿缪莱特酒店的创造者，也就是等同于这家酒店本身的我的恩人诸冈。

就在这个瞬间，多克用无线对讲机呼叫了我。我慌忙给出回应。

"分析结束了吗？"

"首先，那把匕首是钛合金的。其次，没在匕首上发现指纹。不过从尸体上采集到的样本还没完全分析好。"

我深吸一口气，继续道："其实……我还想请你查一样东西。"

然后我走到房间角落，避开其他人，请多克做了"一件事"。多克听了我的要求，虽然有点惊讶，但还是一口答应下来，并且立即开始操作。

——能否证明老板的清白，就全看这个调查结果了。

等待回复的时候，我控制不住地紧张起来。不知过了多久，多克给出了答复。

"结果跟桐生想的一样。"

这是我开始调查案子后，第一次放下心来。

——终于抓住能揪出真凶的证据了。

"果然，老板并不是凶手。接下来，我就要向各位证明这一点。"

*

"刚才我请多克调查了笠居先生伤口附近的身体组织是否附着了某样东西。"

陆奥闻言，立刻焦急地反问："结果呢？"

"果然如我所料，在笠居先生伤口周围的组织中检出了灰色食用色素和糖。"

直觉敏锐的七巨头成员似乎看穿了我将要说出的推理。相羽半张着嘴喃喃道："那、那我们发现尸体时，插在上面的匕首是……"

"那不是真正的匕首。各位发现尸体时，插在笠居先生胸口的其实是用糖和食用色素制成的和菓子假匕首。"

泰坦厅内一片哗然。

会议开始前，酒店方对与会者进行了金属检查，但没有让他们脱掉衣服接受搜身。如果是和菓子做成的非金属道具，大可以藏在衣服里面带进会场。

我继续道："老板有假肢里的隐藏空间，可以大摇大摆地把金属匕首带进会场，所以完全不需要和菓子道具。"

杜女士不情愿地点点头。

"你说得确实有道理。"

"而凶手使用了和菓子刀具，证明那个人无法将真匕首带进戒备森严的会场。所以，凶手只能事先准备一把制作精巧的糖匕首，让现场看起来像是死者被钛合金匕首刺中了。"

陆奥的嘴角拧了起来。

"好简陋的诡计啊。"

四之宫也连连点头，插嘴道："可就算是这样，案子中还有未解之谜。既然金属匕首无法带入会场，那凶手究竟是什么时候、用什么方法将道具替换成真匕首的？"

我蹙眉答道："匕首是在会场外面调包的。多克刚才把匕首带出会场做成分分析了，也许外面有警备人员被真凶收买了。"

肯定是多克离开会场时，警备人员假装查看他的随身物品，趁机用钛合金匕首调换了道具匕首。

因为被他视作同伴的酒店工作人员遭到怀疑，诸冈的表情更痛苦了。

"所以道具现在……应该在那个警备人员的肚子里吗？"

"和菓子做的道具最大的优点就是可以吃掉，以此方式销毁。凶手可能用难以融化的糖制作出外观与真匕首极其相似的道具。不过这个方法也有缺点，就是能够被食用的道具必然强度不够，无法实际行凶。"

水田猛地回过神来，开口道："也就是说，凶手还准备了另外一把非金属匕首吗？"

我点点头。

"没错。凶手为了伪造'杀死笠居先生的凶器是钛合金匕首'的现场，事先准备了两把匕首。一把是和菓子道具，另一把则是具有实际杀伤力的非金属匕首，且制造的伤口与真匕首相同。凶手就是用后者杀害了笠居先生。"

行凶后，凶手收起了非金属匕首，再将和菓子做的道具匕首插进伤口，然后离开了现场。这样一来就能解释尸体身上的伤口为何有反复戳刺的痕迹。

诸冈似乎并不接受这个推理，皱着眉说："可是，这个会场内哪里有具备杀伤力的非金属匕首呢？我们都接受了搜身检查，且会场里的其他地方也没有发现那样的东西。"

"满足条件的凶器，就在这里。"

我停在了四之宫身后。

她头上的发簪形状扁平。四之宫闻言，先抬手摸了摸自己的发簪，然后转头看向我。

"你说这个？"

"在犯罪界，有很多人都在身上藏着防身用的武器，而且我听闻簪子在江户时代就被当作秘密武器了。四之宫女士的这支发簪材质为陶瓷，如果用于戳刺，想必杀伤力能够媲美匕首吧？"

四之宫很干脆地承认了。

"你说得没错。这支簪子是我防身用的武器。簪子尖端做得特别尖，能够制造类似于细长匕首留下的伤口。"

"我以酒店侦探的权限，要求你交出这支簪子。如果在上面检出了鲁米诺反应，就能充分证明这是杀害笠居先生的凶器。"

我戴着手套接过簪子，然后盯着四之宫。

——只凭这个还是不够啊。

这次，我并没有抓住足够让真凶无所遁形的证据。果不其然，四之宫很快就找到了漏洞，开始反驳："簪子是我四之宫防身用的武器，而我两天前正好用了它防身。就算你现在检出鲁米诺反应，那也是两天前留下的血迹，跟这起案子没有关系。"

我立刻换了个问题。

"那么你在两天前用过这支簪子后，在会场内并未将它当作武器使用，也没有擦拭或清洗过上面的血迹吗？"

"当然没有。"

我把簪子放进自封袋，咧嘴一笑。

"说谎也没用，只要验一下簪子上的指纹，一切就都清楚了。"

四之宫意外地皱起了眉。

"指纹？"

"进入会场前，四之宫女士在会场外通过了金属检测门，并且接受了警备人员的检查。当时你应该拿下过这支簪子，对吧？正因如此，你在进入会场时，头上的簪子才险些脱落了。"

四之宫露出了苦涩的表情。

"确实有这回事。桐生小姐还用手帮我扶住了快要掉落的簪子。"

"当时我还没有戴上调查用的手套。如果四之宫女士未用这支簪子杀害笠居先生,也没有在洗手间清洗簪子上的血迹,那这上面应该残留着我的指纹,对吧?"

四之宫注视着自封袋里的簪子,欲言又止。

"我……"

"你用这支簪子杀害了笠居先生,然后在洗手间清洗掉上面的血迹,自以为完美地处理了证据,对吗?然而,簪子上的螺钿装饰凹凸不平,就算用水洗了,这个部分也极有可能残留着笠居先生身上的组织。接下来,我就要仔细调查这一点。"

其实这番话说得有点虚张声势,但四之宫没有反驳,陷入了沉默。

可就在这时,一个意想不到的人帮了她。

"听了这么久,这些推理全是胡说八道啊!"

陆奥低声插嘴,然后继续道:"那什么和菓子匕首,就是无稽之谈。桐生小姐刚才一进现场,水田就用金属探测器检查了那把匕首,不是吗?当时探测器就有反应,难道你忘了?"

我露出了苦笑。

"二者并不矛盾。就算金属探测器有反应,也不能证明整个匕首都是金属制成的。"

听了我的回答,诸冈瞪大眼睛。

"那……当时尸体身上插的匕首其实是和菓子道具,上面还贴了金属片吗?"

"这就是真相。"

今天，任何人都不能携带含有金属的物品进入会场。

但是也有例外，那就是佩戴了武器装备的我和水田，以及使用假肢的诸冈。

我和水田始终是共同行动的。

水田用金属探测器检查尸体身上的匕首时，我一直盯着他的一举一动，他并没有做出往匕首上贴东西的可疑举动。

相羽困惑地说："不对不对，那问题就成了金属片是怎么进入会场的了。我猜诸冈先生跟四之宫女士应该是共犯，是他将金属片藏在假肢里，带进了会场吧？"

"应该不是。因为使用道具和金属片的诡计对老板来说没有任何好处。就算做了这么麻烦的事，也避免不了他第一个被怀疑的情况。"

"确实……"

相羽沉默下来，于是我继续道："虽然严禁携带金属进入会场，但是会场内本来就有很多家具、五金和洗手间管道之类的金属制品。"

四之宫微笑着说："说起来，桐生小姐在案发后检查过会场吧。你发现什么异常了吗？"

"没有。螺丝和管道之类的物品都完好无损。"

闻言，陆奥笑了起来。

"既然如此，那贴在道具匕首上的金属片肯定就是我们从外面带进来的，而不是原本就在会场内的东西了。无聊！我看那东西根本不存在，尸体上的匕首就是钛合金匕首吧！"

"话不能这么说，携带金属片进入会场并非不可能。"

会议桌周围顿时安静下来。片刻之后，诸冈喃喃道："……怎么带？"

我没有直接回答，而是看向摆在会议桌上的六枚信封。

"这些信封是本次会议的议长相羽先生连同邀请函一起寄送给与会者的，对吧？我记得里面放的是宣誓书。"

相羽不明所以地点了点头。

"对啊，因为泰坦会议的惯例就是，议长要收集与会者签字确认过的'遵从决议内容'的宣誓书。"

我拿起一枚信封，说道："金属片是被装在这些信封里带进会场的。"

杜女士的表情突然变得僵硬了。

"怎么可能？我是带着自己的宣誓书通过金属检测门的，当时没有任何反应。"

"这正是凶手的目的所在。"

"什么？"

"这座酒店使用的金属检测门性能很高，但能够检出的金属尺寸还是有限制的。如果凶手将检测器无法检出的细小金属片通过这六枚信封夹带进来，会如何呢？"

闻言，诸冈哑着嗓子惊叫一声。

"难道真凶……让我们所有人都充当了细小金属片的运送者？"

我点点头。

"正是如此。一块细小的金属片不会被金属探测器检出，所以大家都能带着信封通过金属检测门。之后，凶手把所有人手上的信封收集起来，并取出其中夹带的金属片，拼凑到了一起。"

陆奥抱着胳膊沉吟道："原来如此。一块金属片无法检出，但六块合起来就能检出了。"

"凶手将拼凑起来的金属片贴在了道具匕首上。不过，这项工作由四之宫女士单独完成还是十分困难的。所以，四之宫女士背后还有一个帮凶。"

说到这里，我停下来，看向某个人。

"那就是负责制作并寄送本次会议的邀请函和宣誓书，又在会场上负责收集装着宣誓书的信封的人……也就是议长相羽先生。"

*

相羽并没有表现出焦急，而是一脸茫然。

"我是四之宫的帮凶？"

——这两个人一定是共犯关系。

完成这个诡计，需要事先在寄给所有与会者的信封里夹带金属片，而能够做到这一点的，只有以议长身份准备信封的相羽一人。

我轻笑一声。

"抱歉，是我说得不够准确。其实……四之宫女士才是帮凶，而相羽先生是主谋，也是幕后黑手。"

相羽更加困惑了。

"你为什么会得出这个结论？"

我瞥了一眼四之宫，见她已摆出了一张扑克脸，真是令人惊叹。

我继续挑衅道："相羽先生在笠居先生遇害时有不在场证明，所以可以肯定，你不是行凶之人。不过这也是因为你知道四之宫女士会在休息时间动手，才会一进入休息时间就立刻去洗手间，然后逗留在泰坦厅与人闲聊，故意为自己制造了不在场证明。"

"那只是巧合。"

"另外,从表面上看,泰坦会议的与会者地位是平等的吧?可实际上,唯有四之宫女士与其他人是不平等的。因为她年幼时被杜女士相中,又被你和陆奥先生一路培养起来了。"

相羽叹着气点点头。

"没错。二十五年前,我们认为犯罪界需要一名优秀的会计,就立刻开始发掘合适的人选。从这个意义上说,我们的确是创造了四之宫的人。"

——创造了四之宫?

他的说法让我感到很不愉快。我瞪了相羽一眼。

"而且,四之宫女士经常要负责七巨头事务中的一些杂事。也就是说,各位把自己平时懒得做的事情都推给自己培养的黑会计了。"

相羽突然笑得浑身发抖。

"然后这种压榨逐渐升级,演变成我强迫四之宫杀人?太胡扯了。还是说……你在四之宫身上看到了曾经的自己?"

我顿时感到气血上涌,喉头被哽住,说不出话来。

我和四之宫确实有着相似的境遇。

我小时候被道家一时兴起捡了回去,跟着他学会了在犯罪界生存的技能,被他培养成了杀手艾瑞波斯。

——因为道家老爷子的故意安排,我好几次差点死掉。

直到现在我都没有真正理解道家。他究竟是把我当成了纯粹的工具,还是对我怀有家人的感情,我连这个都毫无所知。

我一直被当成杀手培养长大,至今都没有对道家产生过亲情这种崇高的感情。然而,他的确是养大我的人。

正因如此,我直到最后都没能背叛道家。

——如果道家老爷子让我在阿缪莱特酒店里杀人，我会怎么做？

我也不知道。但我感觉，就算看清了他只把我当成可以随时丢弃的棋子，我也会选择接受这个命运。

我闭上眼，点点头。

"如你所说，我可能太情绪化了。"

"你作为酒店侦探，这样非常失态。"

相羽的话一针见血，但我还是咬紧牙关，再次睁开眼。

"不，这起案子的真相……我一定要查出来。"

"那你真是任重道远啊。你根本没有证据证明我对信封动了手脚，怎么敢空口白牙说我是主谋！"

"接下来我会对六枚信封进行科学检查，应该会发现藏匿金属片的痕迹……"

此时，四之宫用几乎听不见的声音说："不用了，我四之宫承认自己是凶手。"

突如其来的坦白让我忘记了要说的话，转而定定地看着她。刚才还坚决不松口的相羽也放弃似的点了点头。

"唉，看来是该放弃挣扎了。"

四之宫阴郁地耸耸肩，继续道："桐生小姐的推理基本都对了。首先，我准备了一把做工精巧的和菓子匕首，将它带进会场。接着，我在诸冈先生和笠居先生结束交谈后，瞅准时机进入休息室，用发簪刺中了笠居先生的胸口。"

她的计划就是在休息室里杀害笠居。

笠居打算在这次会议上提出关闭酒店。所以她猜测，笠居不想在休息时间见到诸冈，会躲进休息室里。

"然而，我没有想到诸冈先生会在休息时间找笠居先生谈话。好在他们只谈了十分钟左右,没有影响我实施计划。"

刺杀了笠居之后,四之宫拔出发簪,又拿出事先准备好的和菓子匕首扎进了伤口。

"然后我就进了洗手间,把作案用的手套等物品扔进厕所冲走,并洗干净了簪子上的血迹,当然也洗掉了桐生小姐的指纹。真没想到会因为这个细节被揪出来。"

我抱着胳膊接过话头。

"你使用的和菓子匕首上,贴了相羽先生事先准备好并带入会场的金属片,是吧?"

"没错。"

"这个主意真够大胆的。道具做得再怎么精巧,也经不起细看,很容易被人发现那根本不是钛合金的吧。"

四之宫含糊地笑了笑。

"我四之宫自有打算。只要准备一把跟五年前那起案子的凶器形状相同的匕首,大家就会先入为主地认为这次的凶器也是钛合金材质的。"

四之宫说,只要制造出会场内出现了钛合金匕首的假象,嫌疑人就会锁定为能够利用假肢将其带进会场的诸冈。如此一来,老板就成了凶手的替罪羊。

"但是,桐生小姐的推理中有一个重大错误。相羽先生并不是这起案子的主谋和幕后黑手。"

"对,我反倒是受害者。"

听到相羽没好气地说出这句,我忍不住皱起了眉。

"什么意思?"

"我之所以在信封里夹带金属片,是因为四之宫提出想搞个小小的恶作剧。"

四之宫点点头。

"我对相羽先生说，既然这次泰坦会议严禁携带金属制品，那就让会场内突然出现金属制品，吓吓大家。"

"我怎么会想到，自己亲手准备的金属片竟会变成杀人的工具呢？所以我当时忍不住答应了。"

"你说谎。"

我立即开口反驳，却不知该如何证明他真的在说谎。我咬着牙继续道："开什么玩笑！难道你想说，事发之后担心自己被当作凶手的帮凶，所以隐瞒了金属片的事情吗？"

"正是这样，没有什么隐情。我事先并不知道这个杀人计划，从立场而言又很容易被当成幕后黑手。事实上呢，我真的差点被桐生小姐指认为主谋了。"

突然，四之宫冲着相羽深深鞠了一躬。

"很抱歉，我欺骗了你。绝不是因为我对相羽先生心怀怨恨，只是，这个计划必须得到议长的协助，否则无法完成。"

相羽煞有介事地宽慰道："不用向我道歉。不过，打破酒店的规矩，伤了他人性命，这可是重罪。你想必很清楚，没人能为你开脱吧。"

这句话在我听来，就是在说："你要包庇我这个主谋，一人背着罪责去死。"四之宫也瞪大了眼睛，嘴唇嗫嚅着，但是最终没有开口，只是点了点头。

"当然，我已经做好了偿命的准备。"

诸冈似乎忘记了四之宫刚才还想嫁祸于他，伤心地问："我不明白，你为什么要杀了笠居？"

四之宫露出了让人背后发凉的凄凉笑容。

"之前也说了，我四之宫很喜欢阿缪莱特酒店。我想保护自己喜欢的东西，这个理由还不够充分吗？"

说着，她从发髻中掏出一个东西，飞快地塞进了嘴里。

"毒药！"

我连忙扑过去按住她的手，可是她已经倒下，全身开始痉挛，很快就奄奄一息了。所有人都能看出，现在做什么都来不及了。

最终我都来不及用无线对讲机呼叫多克，她就停止了呼吸。

相羽冷冷地看了一眼四之宫的尸体，转身就要离开泰坦厅。

"你要去哪儿？"

听见我隐含着怒气的吼声，相羽咧嘴一笑。

"真凶已经找到了，行凶过程也搞清楚了，我还待在这里做什么呢？笠居已死，会议也没必要再开下去，我们该去准备聚餐了吧。"

连我这个前杀手，听到这句话都感到浑身一冷。

杜女士和陆奥都愣愣地看着相羽。相羽也回看着他们，目光仿佛在说："胆小鬼。"

"别摆臭脸呀。要是不愿意在刚死了人的酒店聚餐，不如去我开在附近的赌场喝一杯？"

——他想跑吗！

酒店侦探的权限仅限于阿缪莱特酒店内部。一旦相羽离开，我就不能对他下手了。

我拔出警备用的手枪，对准已经打开房门的相羽。但是，相羽只哼笑了一声。

"你觉得这样就能威胁到我？"

"你最不该做的，就是把杀人的罪名嫁祸给老板。仅此一项，就罪该万死……你还在自己的立场变得岌岌可危时，毫不留情地舍弃了你的共犯四之宫。她是为了包庇你而死的！"

相羽嘲讽地说："已经说过很多次了，我才是被四之宫蒙骗的受害者。而且，我给酒店造成什么损失了？顶多是隐瞒了自己知道的事情而已。"

我咬紧嘴唇。

可是，无论我怎么绞尽脑汁，都找不到相羽在背后指使四之宫的证据。不对，要在会场这个有限的空间里证明那种事，本身就是强人所难吧？

诸冈按住了我的手。

"够了，是我们输了。"

"可是……"

"既然没能证明他是主谋，我们就不能制裁他。要是你在这里伤害了相羽，反而会变成破坏酒店规矩的现行犯，迫使我们不得不制裁你。"

诸冈的声音里带上了哭腔。水田也摇着头，用恳求的目光看向我。

水田现在还是我的同事。

可是，在我扣动扳机的瞬间，包括水田在内，这座酒店的一切都会将我视作敌人。我清楚记得这里一百多名员工的姓名和长相，还跟很多人私交不错。就算成为敌人，我也不想对他们出手，让他们受伤。

——真的没办法了吗？

我缓缓垂下了拿着手枪的手。

"嗯，这就对了。"

相羽知道自己赢了这一局，露出恶魔似的微笑。他重新抓住门把手，继续道："不过，就算我把四之宫当成了弃子，那又如何？杜女士、陆奥和我，从四之宫小的时候就对她灌输'心甘情愿为我们舍弃性命'的想法，道家不也把你当成了随时可以抛弃的——"

这个瞬间，我条件反射地扣动了扳机。

*

"你真的……开枪……"

相羽喘不上气来，面朝门板踉跄着跌倒了。门板上顿时出现了一道鲜红的血迹。

我调整着因为怒火而凌乱的呼吸，说道："道家老爷子是个彻头彻尾的个人主义者。至少，他没有恶劣到拉着我陪葬。"

我握着手枪，向前一步，相羽尖叫起来。

"谁来按住桐生啊！"

但是没有人动。连杜女士和陆奥都一言不发地当着旁观者。

我轻笑一声。

"别吵了，我避开了要害。"

"叫医生……"

相羽"呼呼"地喘着粗气，我走上去，一把扯掉了他的燕尾服外套，拿起水吧的毛巾扔过去。

"先用这个止血吧。"

相羽从恐慌状态中恢复过来，似乎发现自己只是右肩中弹。我开枪时特意避开了内脏和动脉，所以他的出血量不算多。

相羽用毛巾按压伤口，脸色狰狞地说道："搞什么……结果你还是没胆子杀了我啊。不过也是，难道你以为把我打伤了，就能强迫我说出'我是主谋'这种话吗？"

我冷冷地俯视着他。

"我刚才开枪,只是为了阻止本次案件的主谋逃走。我的推理还没有结束。"

相羽的脸色骤然变白,但可能不是因为失血过多。不过此时此刻,我也同样被逼到了绝路。

——如果我不能在这里证明这个人是主谋,就得背下打伤相羽的罪名。对方是犯罪界的顶尖人物,哪怕只是造成了轻伤,我恐怕也无法活着走出酒店。

我转向水田,寻求最后的希望。

"对了,水田先前说过一句很奇怪的话。你说,'不过这次还是别有什么蛋糕盘了,毕竟我可不希望出现多余的谜题。'"

水田困惑地点了点头。

"我的确说过。"

"你提到了'这次',莫非五年前的泰坦会议上,因为蛋糕盘引发过什么问题吗?"

这起案子调查到现在,只剩下最后一个疑点,那就是水田的这句话。如果不能从中发现突破口,我就注定要失败了。

不知水田是否意识到了同样的问题,只见他轻吸一口气,开始讲述。

"如各位所知,五年前的泰坦会议并不像这次一样戒备森严,所以在休息时间,酒店送上了点心师特制的蒙布朗等甜品。"

"原来如此。"

犯罪界的巨头齐聚一堂吃蛋糕,那场景总觉得有点超现实。

"然后就发生了袭击,米本先生被杀,会场内的钛合金匕首消失无踪。其实在不久之后,一个用于盛放蒙布朗的蛋糕盘也不见了。"

失踪的蛋糕盘跟酒店平时使用的餐具一样,是直径不到二十厘米的扁平盘子，白色的，没有花纹。

听到这句话的瞬间，我忍不住笑了。

——原来是这样啊。

包括相羽在内，所有人都用看疯子的眼神注视着我。我没有理睬，开口道："看来我刚才的推理出现了一点错误，现在我总算彻底弄清楚了。

"不过我刚才的推理整体上没有错，'四之宫女士用簪子杀死了笠居先生，再插上和菓子匕首，伪造出受害者是被钛合金匕首刺死的现场'，到这里为止都是正确的。"

陆奥眯起了眼睛。

"哦？所以出错的地方是'调包和菓子匕首与钛合金匕首的方法'吗？"

"简直荒谬。"相羽恶狠狠地嘀咕道。

他用毛巾按压着伤口，看向我的目光极为凶狠。我冲他微微一笑。

"就算使用不容易融化的和菓子作为原料，制作出外观酷似原型的道具匕首，要是有人近距离观察，还是有可能认出那是假货。对于想要完全脱罪的凶手来说，风险太大了。"

诸冈连连点头。

"确实。之前那个假说只能算是'虽然不是不可能，但成功率很低'。"

"要提高成功率其实很简单，只要在尸体被发现之后立刻把凶器替换成真匕首，不让人拿在手上检查就好了。"

水田闻言，飞快地眨了眨眼睛。

"恕我直言，凶手不是没办法将金属匕首带进会场，才不得已准备了和菓子道具吗？"

"不是。其实钛合金匕首确实被带进了会场。"

这句话颠覆了所有的前提,让整个泰坦厅一片哗然。此时唯一保持着冷静的只有相羽,他眯起了眼睛,说道:"那你倒是说说,凶手是怎么穿过重重戒备,把金属匕首带进会场的?"

"在思考这个问题之前,还是先来确定四之宫女士将道具匕首替换成真匕首的时间吧。"

我看了看在场的所有人,然后继续道:"得知发现了尸体的消息,我和水田马上赶到休息室,彼时四之宫女士已经跪在尸体旁边。当时她的嘴唇红得像染了血,但是后来我向各位问话时,她的唇色又变成了粉红色。"

诸冈脸色骤然一变。

"难道说!"

"是的。四之宫女士的唇色之所以那么红,其实是因为沾染了笠居先生的血。"

陆奥浑身一震,捂住了嘴。

"所以,那个时候,四之宫就已经把刺进笠居身体的道具匕首吃掉了?"

我点点头。

我和水田进入休息室的那一刻,所有人的目光都从尸体转向了我们二人。四之宫女士趁机拔出道具匕首,重新插上了钛合金匕首。

而她在吃掉道具匕首的时候,嘴唇上沾上了笠居的血。

水田惊讶地发问:"可是,她能在这么短的时间里吃掉将近二十厘米长的道具匕首吗?"

"如果计划是在有人仔细检查凶器之前完成替换,和菓子匕首就不需要做那么长,刀刃部分不用做全。我猜,道具只复刻了刀柄和一部分刀刃。"

相比整体复刻，只复刻一部分更方便藏在衣服里带进来，也更容易将其吃掉销毁。

相羽不依不饶地叫嚷道："胡说八道！四之宫的唇色根本没有变化，你这是在编造谎言，企图陷害我！"

这时杜女士摇了摇头。

"不好意思，我也记得四之宫的唇色发生了变化。案发后检查随身物品时，我得知四之宫没有带唇彩进来，不是吃了一惊吗？"

我点点头。

"确实有这么一回事。"

"当时我以为她在休息时间涂了口红，后来口红脱落才变回了粉色。可是后来发现她竟然没有带化妆品进入会场……"

杜女士本人带了一支润唇膏进入会场，但是口红被金属探测器检测出来，没能带在身上。

也就是说，唇色的变化，只能用沾染了血液来解释了。

我瞥了一眼沉默不语的相羽，继续说道："好了，现在最大的疑问就是，'凶手特意准备了和菓子匕首，为什么要在发现遗体后短短几分钟的时间里将其替换为真匕首？'"

相羽僵硬地笑了笑。

"你这推理肯定是错的。"

"不，我的推理没有错。休息时间里，四之宫女士杀害了笠居先生。当时她还没有拿到钛合金匕首，所以才利用和菓子匕首伪造出尸体胸口刺入了真匕首的现场。"

我在泰坦厅里四处踱步，边走边说："各位发现尸体时，刺在胸口处的凶器还是道具匕首。从那一刻到我和水田抵达现场的这段极短的时间里，四之宫女士拿到了钛合金匕首。"

听到这里，诸冈皱起了眉。

"不是只有短短几分钟吗？"

"是的，在那短短几分钟里，这个会场里出现了一般不会在泰坦会议上出现的某种特殊情况。"

最先想到答案是水田，他开口道："难道是，泰坦厅一个人都没有？"

"没错，这就是答案。"

诸冈把阿缪莱特酒店比喻成船，并且始终秉持"与船共生死"的信念。

所以泰坦会议有个惯例，酒店老板诸冈会先于任何人进入泰坦厅，并在会议结束后目送所有人离开，自己最后走出泰坦厅。

我继续道："各位都知道，本次的泰坦会议，老板也是第一个进入泰坦厅的。然后，总结刚才各位的证词，可以确定休息时间内泰坦厅里始终有至少三人同时在场。"

这次泰坦会议的休息时间与以往无异。根据陆奥的说法，大家会各自找个时间去洗手间，然后就坐在会议桌旁闲聊。

杜女士站出来印证了我的说法。

"确实如此。我参加过好几次泰坦会议，从未遇到过这个会议厅没人的情况。"

"是的。想必七巨头的所有成员都是如此。凶手知道自己不可能等到会议厅只剩一个人的时机，才制订了这次的计划。"

陆奥的身子不由得抖了抖。

"好可怕啊。照你这么说，难道她在休息室杀人，就是为了制造单独走进泰坦厅的机会吗？"

"我认为这是凶手的目的之一。各位进入休息室查看尸体时，她瞅准了泰坦厅没人的瞬间，取出了藏在室内的钛合金匕首，然后把它藏在身上，跟在众人后面进入休息室。"

相羽语气尖锐地反驳："就算你说对了，取出真匕首的人，还有杀了笠居的人，都是四之宫她一个。"

"不可能。在问讯过程中已经知道，发现尸体时，四之宫女士是第一个走进休息室的。也就是说，她没有机会拿到真匕首。"

相羽狼狈了一瞬，很快就继续反驳："即便如此，你也没办法证明最后留在泰坦厅的人是我吧。"

"那我就先说说藏匿匕首的地方吧。"

我走到会议桌上的白瓷骨灰盒前方站定，打开盖子说："钛合金匕首藏在了这个骨灰盒里。而且从五年前开始，它就一直在这里。"

我向所有人展示了骨灰盒的内部。里面有大大小小的骨头渣，还有人造关节。

"一般来说，骨灰盒中也会放置一些故人生前喜爱的东西。我面前的这个骨灰盒里，除了骨灰还有人造关节，所以金属检测器本来就会对它产生反应。可以说，它最适合用来藏匿金属制品了。"

水田难得地表现出了慌乱，拼命摇着头。

"不可能！桐生女士刚才也在旁边看到了不是吗？会议开始前，我们一起检查了会场，检出骨灰盒存在金属反应后，我还打开盖子看了。虽然里面装着骨灰，但若是藏着匕首，我不可能看不出来。"

"不，我们都看漏了。"

我把手伸进骨灰盒，探了探底部。果然如我所料，那里有个蛋糕盘。我取出那个白色平盘，举了起来。

"本酒店使用的蛋糕盘直径不足二十厘米,正好比骨灰盒要小上一圈。那把钛合金匕首就藏在蛋糕盘底下,所以我们从上方查看时,才会什么都没发现。"

诸冈困惑地插嘴道:"刚才桐生说,那把匕首五年前就藏在里面了。也就是说……"

我点点头。

"没错。五年前突然从会场消失的米本先生的匕首,其实一直藏在骨灰盒里面。后来在日式庭园的池塘里发现的匕首,是袭击者专门准备的复刻品。"

水田稍微恢复了冷静,再次摇头。

"很遗憾,还是不可能。"

"为什么?"

"今天我检查泰坦厅时,的确只打开骨灰盒的盖子看了看里面。但是五年前发生袭击事件后,为了寻找米本先生的匕首,我们把这里的家具和小物件全都翻来覆去地检查了一遍。这个骨灰盒也不例外。我把里面的东西全都倒了出来,还是没有查出什么问题。"

我笑了一声。

"当然不会有问题。用这个骨灰盒藏东西太危险了,随时都会被发现。所以五年前的袭击者应该用了别的方法藏匿凶器。"

诸冈闻言皱起了眉。

"可是当时会场内没有任何地方可以藏匿匕首……"

"若要说可能性,那就只有受害者米本先生的尸体里面了。我猜测,袭击者在刺杀米本先生后,把凶器斜着插到了伤口深处,将其隐藏起来。"

"怎么可能!米本先生的尸体做过尸检,当时的酒店专属医生亲自……"

诸冈的声音越来越小，最后直接沉默了。我看着地板，点点头。

"跟这次负责尸检的酒店医生多克不同，上一任酒店专属医生因为行为不检点被'辞退'了。所以，他完全有可能被袭击者收买，捏造了假的尸检结果。"

陆奥露出了讽刺的笑容。

"好吧，把凶器藏在尸体内带走并非不可能。就算动用金属探测器进行调查，前任酒店医生也可以完美化解危机，比如说这具尸体内植入了医用骨钉之类的。"

杜女士叹了口气。

"但是谁也没想到，诸冈在调查过程中搬出了 X 光检查装置。当时前任酒店医生已经完成尸检，并给出了匕首没藏在尸体内的假报告。所以，他应该吓坏了。"

我点点头，继续道："如果用 X 光检查尸体，自己故意隐瞒凶器所在的事情就会暴露。于是，前任酒店医生找了个理由支开众人，取出了尸体内的钛合金匕首，清洗过后用蛋糕盘做遮挡，藏在了骨灰盒底部。"

前任酒店医生应该是趁水田将骨灰盒里的东西倒出来检查之后做这一切的。他认为应该没有人会检查第二遍，就赌了一把，将匕首藏了进去。

"不过这只是前任酒店医生情急之下想出的对策。对袭击者来说，第一，凶器没能成功带离会场。第二，它偏偏被藏到了骨灰盒这个很容易暴露的地方，可谓祸不单行。"

水田好像彻底想通了。

"于是袭击者紧急复刻了一把匕首，把它扔到日式庭园的池子里？他如此高调地制造'凶器已经被带出会场'的事实，就是为了防止其他人再去调查会场内部，尤其是骨灰盒吧。"

然而，复刻匕首需要好几天时间，所以才产生了案发四天后，匕首突然出现在池子里的奇怪现象。

我重新看向相羽，继续道："所以，本次谋杀案中发现的钛合金匕首是从骨灰盒中取出，同时也是五年前用于刺杀的凶器。只要进一步调查，应该能从匕首表面检出骨灰粉末和能够证明它曾经被放在骨灰盒中的痕迹。"

尽管如此，相羽还是死不松口。

"就算你说对了，那也只能证明从骨灰盒中取出匕首，并悄悄交给四之宫的人是我、杜女士或陆奥之中的一个。"

"你说得没错。"

"另外，你也不能断定那个人就是五年前的袭击者。因为那个人完全有可能跟你一样推理出了匕首的藏匿处，并将其列入这次的谋杀计划。"

我指尖抵着下颚，摇了摇头。

"仅凭推理无法确定匕首真的在骨灰盒里。谁会靠这个真假难辨的情报来策划犯罪呢？唯有明确知道匕首藏在骨灰盒里的人，也就是五年前的袭击者，才会策划这样的犯罪。"

相羽忍着伤口的疼痛，耸了耸肩。

"那袭击者就是四之宫呗。四之宫让帮凶取出了骨灰盒里的匕首。"

"根据体型判断，袭击者是男性。"

"不管你怎么说，我都不是袭击者。有可能是陆奥、笠居或者诸冈……就算是你，也没办法确定五年前的案子究竟是谁干的吧。"

我拍了拍手。

"相羽先生说得都对。"

"你说什么?"

"就算知道了五年前的凶器被藏在骨灰盒里,也不能仅凭这一条就确定袭击者的身份。如今被袭击者收买的前任酒店医生已死,死无对证,自然不必担心他那边会泄露信息。"

这番话对相羽来说应该算是有利的,但不知为何,他竟然开始浑身颤抖。

"别再说了。"

我没有理睬他,而是继续道:"五年前那起案子,虽然出现了很多突发情况,但从某种意义上说,那是一场完美的犯罪。本来凶手大可以任凭酒店方去发现藏在骨灰盒里的凶器,那么,袭击者为什么要再行动一次,冒着暴露的危险,亲手拿出那把匕首呢?"

"求求你,别再说了!"

现在求我已经晚了。我把手伸进了从相羽身上脱下来的燕尾服胸袋。

"理由很简单。骨灰盒里除了五年前的凶器,还藏着一件对袭击者来说十分致命的证据。"

说着,我从口袋里掏出了一枚筹码。

检查随身物品时确认过,相羽身上的筹码已经很陈旧,而且伤痕累累。我举起那枚筹码,展示给所有人。

"五年前,道家老爷子对袭击者发起了反击。大家都以为袭击者穿了防刺服,才挡住了老爷子的那一击,事实上,挡住攻击的是放在胸前口袋里的这枚筹码。"

筹码是黏土材质的,硬度十分有限。换作平时,它可能挡不住刀尖的戳刺。但是当时道家吸入了催眠烟雾，反击的力度受到了限制。所以这枚筹码才保护了相羽，没让他受伤。"

我毫不留情地看着相羽说："你刺杀了米本先生之后，把筹码和匕首一起藏进了遗体。因为你担心案发后接受搜身检查时，有人会怀疑这枚筹码挡住了道家的反击。"

不过，这是个致命的错误。

水田面容扭曲地插嘴道："前任酒店医生在得知要用X光机检查尸体时陷入了恐慌。情急之下，他拿出了尸体内的钛合金匕首和筹码，一起藏进了骨灰盒，对吧？"

"正是如此。"

"其后，举办泰坦会议的区域被重重封锁，任何人都进不去。所以，相羽先生只能利用相隔五年后的又一次泰坦会议，把筹码收回来。"

"不对，你胡说！"

相羽抱着头怒吼，我则淡淡地继续道："把筹码送去检查，应该会发现上面的划痕与钛合金匕首的刀尖一致。另外，筹码上同样可能附着了骨灰粉末，足以证明它被放入过骨灰盒，这就能成为你是五年前那个袭击者的铁证。"

相羽突然跳起来，踉踉跄跄地扑向我。他伸手想要夺走筹码，但是没走几步就出现了贫血反应，摔倒在地。

我微微一笑。

"真愚蠢啊。如果筹码不是从骨灰盒里拿出来的，你为什么要来抢？你用自己的行动承认了罪行。"

相羽已经瘫在地上，依旧恶狠狠地盯着我手上的筹码。一阵沉默过后，诸冈叹着气说："所以，这就是真相吗？相羽为了回收五年前藏在骨灰盒里的凶器和筹码，指使四之宫策划了一场谋杀。让泰坦厅进入短暂的无人状态并不难，真正的难题在于即使拿到了钛合金匕首，也无法带出去。"

我点点头。

"老板说得没错。会场的出入口设有金属检测门，而且一旦有人遇害，酒店必然会仔细检查所有人的随身物品。"

"相羽想到了大胆的主意，将五年前的凶器伪装成了'杀害笠居的另一件凶器'。他让我们误以为会场内突然出现了金属匕首，把杀害笠居的嫌疑嫁祸到使用假肢的我头上，是吗？"

我走到不停扭动挣扎的相羽旁边蹲下。

"干得漂亮。我没能证明相羽先生是这个案子的主谋，从这个层面上说……这次的谋杀基本上是一桩完美的犯罪。你应该高兴才对。"

只是，相羽脸上丝毫不见喜色。我再次举枪，对准他的太阳穴。

"不过，你还是不该策划这次的谋杀。因为解决了这个案子，就会连带查出五年前那个袭击者的身份。现在我要遵从酒店绝对不变的规矩，清算你五年前的罪行。"

相羽用几欲吐血的声音嘶吼道："不要！别开枪！"

我微微一笑。

——我当然不会开枪。

酒店侦探的工作，就是让破坏禁忌的人付出代价。杀人者偿命，以眼还眼，以牙还牙。

所以，清算这起案子，我不会使用手枪。

*

诸冈独自留在泰坦厅的会议桌旁，一脸呆滞地喃喃道："虽然后来纠正了，不过，这还是桐生第一次推理出错啊。"

闻言，我不禁苦笑。

"差点让相羽利用了那个错误的推理。"

相羽听见我说出"信封里夹带了金属片"的错误推理时，应该是想到可以利用这个漏洞。

——相羽最害怕的，是被我发现五年前的凶器一直藏在泰坦厅。

当我说出凶手使用了和菓子做的道具匕首时，他已经很难继续坚持诸冈是凶手的说法。而且，我还准备让多克仔细检查那六个信封。如果最后发现信封里根本没有夹带金属片，我就会意识到自己的推理出错了。

考虑到我可能会因此发现真相，假意认同那个错误的推理，显然对相羽更有利。

所以，他跟四之宫一致赞同"信封里有金属片"的推理，紧接着舍弃四之宫，试图自保。

顺带一提，多克已经完成了追加检验，在钛合金匕首和筹码上都发现了微量的骨灰成分。

至此，我的第二次推理完全成立。

此刻，泰坦厅已经空旷了许多。

七巨头中的杜女士和陆奥不久前离开了会场，尸体刚刚也被抬走了，现在这里只剩下我和诸冈二人。

"到头来，相羽的动机究竟是什么？"我问了一句。

诸冈心不在焉地回答："我猜，他应该是想把阿缪莱特酒店据为己有。这家酒店，只要运用得当，就能催生出巨大的权力。"

诸冈只想把这里建设成一座专为犯罪者服务的酒店，但是，如果在酒店内进行偷拍或窃听，并巧妙地利用得到的情报，想一举改变犯罪界的势力版图也并非难事。

我皱起了眉。

"有道理。试图用武力抢占酒店的话，无法得到那些犯罪界大人物的支持。所以他才要把杀人的重罪嫁祸给老板，让酒店将你处死，以破坏这个体制吗？"

相羽之所以杀害笠居，也是因为对方强烈要求关闭这个他梦寐以求的酒店，破坏了他的计划。

一段漫长的沉默过后，我再次开口。

"我还有一个问题。老板你为什么……"

"为什么没有直接回答你刚才那个'今天假肢里是否没放东西'的问题，你想问这个，对吗？"

"是的。当时我还以为老板在包庇什么人。"

诸冈半垂着眼，继续道："首先，我得向你道歉。我没有把假肢内有隐藏空间的事情告诉你和水田。"

"要是我一开始就知道你的假肢可以藏武器，就会强行要求你不要佩戴假肢参加会议了。"

如此一来，老板也不会陷入刚才那样的困境。诸冈挤出笑容，点了点头。

"其实我这个假肢的秘密没有告诉过任何人，包括我的妻子。而制作假肢的人也不会到处乱说这种事情，我一直想把它当作只属于我的秘密，无人知晓的最后王牌。"

然而，七巨头的成员几乎都看出了他的假肢内有乾坤。可能是通过他们的特殊情报网，也可能只是单纯的推测。

我摇摇头，重新问道："所以，你的假肢今天真的什么都没放吗？"

"当然没有。参加泰坦会议前,我在洗手间确认过了,而且如你所说,里面放着武器时,重心会发生微妙的变化,就算是钛合金这种轻量武器,我也肯定能察觉。"

"既然你这么肯定里面是空的,为什么不直接说出来呢!在那种情况下,哪怕说错一句话都会加重自己的嫌疑,你可别说没意识到这个问题。"

面对我的大声质问,诸冈露出了十分为难的表情。

"当时我想……实在不行,我就顶了杀害笠居的罪名吧。"

我瞪大了眼睛。

"为什么?难道你也想杀了要关闭酒店的笠居先生?"

"当然不是。我只是……"

看着再次闭口不言的诸冈,我咬咬牙问道:"听到你们说,五年前的所有人一致决定要瞒下米本先生遇害的事情时,我就觉得这不像是老板的作风。"

"是啊。如果换作平时,我肯定会坚持调查,直到查出我认为是真相的结果。"

"可老板还是二话不说就瞒下了那件事……莫非,你害怕知道米本先生遇害的真相吗?"

诸冈茫然地看了一眼会议桌四周,仿佛回忆起了五年前的光景。

"之前我也提到过,当时米本与其他与会者渐渐水火不容。我也不能断言自己心中完全没有希望他死的想法。而在那段时间里,我跟我的朋友道家透露过这个想法。"

意想不到的坦白,让我忍不住倒吸一口气。

"啊,老板怀疑是道家老爷子杀了米本先生吗?"

诸冈用几乎听不见的声音继续道:"当然,我没有可靠的证据，因为我也亲眼看见道家被袭击者攻击了。只是，道家他到底是曾策划出许多将不可能变为可能的犯罪计划的人啊。"

"你觉得道家老爷子有本事自己伪装成受害者，还能轻而易举地让匕首从会场消失？开什么玩笑。那种事，谁都不可能做到。"

"刚才桐生不是推理出凶器被藏在了尸体内部吗？我当时怀疑过，道家可能把匕首藏在了自己的身体里。因为他的腿也受伤了，所以我觉得，他有可能把匕首整个插进去，制造出凶器从现场凭空消失的假象。"

"啊？"

我感到一阵茫然。

袭击发生后，道家立刻被送进了医院。

当时诸冈可能没有想到用金属探测器扫描道家的身体，只简单查看了随身物品便放他走了。那么，如果道家想将金属制品藏在体内带出会场，确实并非不可能。

——只是，那把匕首长度将近二十厘米，就算是插进腿里，也会形成致命伤。

诸冈难过地继续道："当然，这个方法是纸上谈兵，没有现实性。可无论推理本身再怎么不合理，只要心里有了怀疑，就很难做出冷静的判断。"

道家住院的时间对于那种程度的伤势来说会不会过于长了？案发后过了整整四天才在日本庭园发现凶器，是不是因为将匕首从道家体内取出来花了很多时间？

当然，这些都只是错误的推测。只是当时的诸冈草木皆兵，所以恐怕万分苦恼。

"我怀疑自己对道家透露希望米本去死的想法，变成了一切的导火索。而道家因为我的一句话，平白缩短了寿命。随着时间的流逝,这种想法变得越来越根深蒂固了。"

我怀着极为复杂的心情注视着诸冈。

"所以你就更不敢将五年前的事情告诉被道家养大的我了?"

诸冈点点头。

"抱歉,如果不是我被这些可笑的想法困住,如果我早点把五年前的事情告诉你,或许就能阻止今天这件事的发生了……桐生的推理出了错,责任其实在我。"

沉默再次降临。过了整整十秒,我才吐出一口气,开口道:"这五年来,老板一直对那起袭击事件心怀愧疚。而在今天,泰坦会议又一次闹出了命案。看清凶器的瞬间,老板误以为某个人将五年前的案子归罪于你,要向你发起报复。所以你才决定认命,并做出了包庇凶手的举动。是这样吗?"

"不,你说错了。"

诸冈否定得实在太快,我不禁呆住了。

"我说错了?"

"当时我只是一心想保护这家酒店。"

"啊?对问题避而不答,为什么能保护酒店?"

"如果我一口咬定假肢里没有钛合金匕首,而这件事又得到了证明,事情就糟糕了呀!那个瞬间,七巨头的人肯定会立刻把矛头指向你和水田,还有多克。"

确实有可能。

——与其承认本来不该存在的匕首突然出现这个谜题,倒不如怀疑"警备人员工作疏忽""酒店的所有员工都是帮凶",这样更轻松。

我顿时困惑不已。

"老板就没怀疑过我们吗?越是难以理解的情况,就越容易怀疑我们这些负责警备和调查的人吧。"

诸冈毫无负担地点了点头。

"不会怀疑的。因为我相信大家。"

——你要置身于犯罪界的我相信这句话?

但是,诸冈的眼神、声音和说出来的话,确实让我感觉到了真心实意。

不一会儿,诸冈站起来说:"对我来说,这家酒店就是一切。不过现在,我心中的酒店并不是一个地方。就算建筑物变成一片废墟,只要重新修建就好了。我所说的酒店,是你们这些让我无条件信任的员工啊……"

我只觉得脸上一阵发热,跟着诸冈走出了泰坦厅。

"不是地方,而是人吗?"

"没错。为了这家'酒店',我可以做任何事情。就算真的到了大船注定沉没的时刻,我也会不认命地拼尽一切保护你们……要是真的无力回天,我就用最决绝的方式,一同沉没!这就是我的信念,之前也跟你说过吧?"

诸冈半开玩笑地说完这句话,反手关上了泰坦厅的大门。

这扇门再次敞开,会是几年后呢?

Fin

首次登载

《阿缪莱特酒店》
GIALLO 73 号（2020 年 9 月）

《年度犯罪者颁奖典礼上的谋杀》
GIALLO 79 号（2021 年 11 月）

《谢绝生客》
GIALLO 83 号（2022 年 7 月）

《泰坦的谋杀》
GIALLO 86 号（2023 年 1 月）

单行本有增补和修订。

※ 本书是虚构作品，与实际存在的人物、团体和事件无关。

AMULET HOTEL
Copyright ©Hojo Kie 2023
Chinese translation rights in simplified characters arranged with KOBUNSHA CO., LTD.
through Japan UNI Agency, Inc., Tokyo
Simplified Chinese edition copyright: 2024 New Star Press Co., Ltd.
All Rights Reserved.

著作版权合同登记号：01-2024-5541

图书在版编目（CIP）数据

阿缪莱特酒店 /（日）方丈贵惠著；吕灵芝译．
北京：新星出版社，2025.1 -- ISBN 978-7-5133-5570-4

Ⅰ．I313.45

中国国家版本馆 CIP 数据核字第 2024XS5864 号

午夜文库
谢刚 主持

阿缪莱特酒店

[日] 方丈贵惠 著；吕灵芝 译

责任编辑　赵笑笑
责任校对　刘 义
责任印制　李珊珊
封面插画　松岛由林
装帧设计　冷暖儿

出 版 人　马汝军
出版发行　新星出版社
　　　　　（北京市西城区车公庄大街丙 3 号楼 8001　100044）
网　　址　www.newstarpress.com
法律顾问　北京市岳成律师事务所
印　　刷　北京天恒嘉业印刷有限公司
开　　本　910mm×1230mm　1/32
印　　张　8
字　　数　180 千字
版　　次　2025 年 1 月第 1 版　2025 年 1 月第 1 次印刷
书　　号　ISBN 978-7-5133-5570-4
定　　价　52.00 元

版权专有，侵权必究。如有印装错误，请与出版社联系。
总机：010-88310888　传真：010-65270449　销售中心：010-88310811